读客三个圈经典文库

经典就读三个圈　导读解读样样全

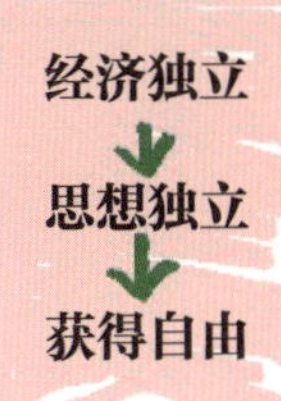

女性想进行小说创作，就必须有五百英镑和一间属于自己的房间。

曾经的女性因为贫穷，处处受到限制，无法像男性一样写作。

一图读懂

A Room of One's Own

为何女性需要一间自己的房间

女性贫穷的原因

- 女性要生孩子，要照顾家庭，无法出去赚钱。
- 1870年之前，法律不允许女性有私人财产。

女性无法像男性一样讨论科技、哲学、天文，只能聊婚姻、孩子、人性，而这些话题被认为是没有价值的。

贫穷对女性的影响（去大英博物馆前人的著作中寻找答案）

男性从各个方面讨论女性，他们众说纷纭，各执己见，带有偏见。

女人有没有个性？
女人是否比男人强？
女人有接受教育的能力吗？
女人有没有灵魂？

激起强烈的情绪：嘲讽、感伤、好奇、斥责，还有愤怒。

我们为何会愤怒？正是因为他们在发怒。
男性通过强调女性的低劣，来体现自身的优越，通过贬低另一半获得权力。

为何男性写的关于女性的书很多，女性作家则不写与男性相关的作品？

是什么原因造成了如此巨大的差异？

贫穷对心智的影响 | 经济独立是思考独立的前提 | 稳定的收入是创作条件之一

有了稳定收入比如五百英镑

- 肉体将不再辛苦与操劳，心中将不再有愤恨与怨怼。
- 不必做自己不愿做的事，不必看他人眼色。
- 对男性有了全新的认识，变得宽容，不带偏见。
- 将视线转向更广阔的天空。

18世纪前的女性为何没有写出文学作品？

女性的地位： 身无分文，目不识丁，不能自由选择配偶，是丈夫的附属品。

社会的看法： 女人抛头露面是令人不齿的，女人不能进行文艺创作。

女性如何才能像莎士比亚一样创作？

独立的空间： 一间属于自己的房间。
社会的态度： 女性可以写作。
解放思想： 敢用真实姓名发表，表达真实的观点。

即使莎士比亚有个和他一样才华横溢的妹妹，她也无法成为莎士比亚，最终只会抑郁而终。

女性的写作历史

16世纪： 想找到一位有潜心创作心境的女性，是不可能的。

17世纪： 人们认为女性写作是荒谬、可笑、疯狂的。
☆ 贝恩夫人实现了靠写作谋生，这比她的作品本身更有价值。

18世纪： 女性也能靠写作赚钱，写作有了价值，成为体面的事。
☆ 女性有了表达自我的权利，可以用自己的聪明才智去挣五百英镑。

19世纪： 女性创作的作品大部分是小说。

☆ **为什么是小说？**

- 没有独立的房间，思考总被打断，只能创作相对容易写的小说。
- 对人物的情感、人际关系更熟悉。
- 找不到女性的文学创作传统来继承。
- 其他文学体裁都已定型，小说还有塑造空间。

性别对写作的影响

内容真实： 不因社会环境引发的愤怒，而影响创作。

价值评判： 不因迁就外界的观点，而改变自己的思路和价值观。

生理条件： 能平衡工作与休息，让大脑得到最大限度的发挥。

女性该以什么样的心境创作？

No. 1 以女性视角进行创作，但不刻意强调女性身份。
No. 2 获得经济独立，从而思想独立，畅所欲言。
No. 3 尝试不同的体裁、主题，不论微小还是宏大。
No. 4 抛开性别意识去写作。

女性极具个性和创造力，若变成和男性一样，会万般可惜。

每个人都受男性力量和女性力量两种力量的控制。**伟大的头脑都是雌雄同体的。**

一图读懂

为何女性需要一间自己的房间

一间自己的房间

[英]伍尔夫 著
(1882—1941)
何亦可 译

读客三个圈经典文库

经典就读三个圈 导读解读样样全

江苏凤凰文艺出版社
JIANGSU PHOENIX LITERATURE AND ART PUBLISHING

图书在版编目（CIP）数据

一间自己的房间 /（英）伍尔夫 (Virginia Woolf) 著；何亦可译 . -- 南京：江苏凤凰文艺出版社，2023.6（2025.6 重印）
（读客三个圈经典文库）
ISBN 978-7-5594-7580-0

Ⅰ . ①一… Ⅱ . ①伍… ②何… Ⅲ . ①随笔 – 作品集 – 英国 – 现代 Ⅳ . ① I561.65

中国国家版本馆 CIP 数据核字 (2023) 第 038141 号

一间自己的房间

[英] 伍尔夫 著　　何亦可 译

责任编辑　丁小卉
特约编辑　李亚茹　　张　宇
封面设计　胡　艺
责任印制　刘　巍
出版发行　江苏凤凰文艺出版社
　　　　　南京市中央路 165 号，邮编：210009
网　　址　http://www.jswenyi.com
印　　刷　天津联城印刷有限公司
开　　本　880 毫米 × 1230 毫米　1/32
印　　张　5.5
字　　数　103 千字
版　　次　2023 年 6 月第 1 版
印　　次　2025 年 6 月第 5 次印刷
标准书号　ISBN 978-7-5594-7580-0
定　　价　45.00 元

目　录

第一章[1]

或许在座的各位[2]会感到疑惑，今天演讲的主题是“女性与小说”——可与《一间自己的房间》这个题目有什么关联呢？接下来我会竭力解释清楚。当得知被邀请来讲“女性与小说”这一议题后，我走到河边坐下来，开始思考这两个题眼的含义。乍一看，我需要从范妮·伯尼[3]的作品谈起；接着对简·奥斯汀的小说稍加点评；然后夸赞几句勃朗特姐妹，顺带描绘一下她们霍沃

1　1928年10月，伍尔夫分别在纽纳姆学院和格顿女子学院做演讲，本书在这两篇演讲稿的基础上加工而成。——译者注（若无特别说明，本书注释均为译者注）

2　指演讲时台下的听众。

3　范妮·伯尼（1752—1840），英国小说家、日记作家和剧作家，著有《埃维莉娜》等。伍尔夫发表了关于伯尼及其家人的文章，如《伯尼博士的晚会》和《范妮·伯尼同父异母的妹妹》，并在她的文章《女性的职业》中提到了包括伯尼在内的一系列先锋女性作家。

斯寓所[1]的雪中美景；可能的话，再诙谐地聊聊米特福德小姐[2]；但对于乔治·艾略特的作品就要毕恭毕敬了；最后以盖斯凯尔夫人[3]的小说收尾便万事大吉了。但再三思量之后，我总觉得这两个字眼所涉及的内涵似乎未必如此简单。关于“女性与小说”这个话题，你们可能想让我谈谈女性与她们的现状，或者女性及她们写的小说，抑或是女性与以女性为主题的小说；也可能是三个方面的集合。最后这个角度看似最有趣，但当我开始思考时，很快发现了一个致命的问题，即我的演讲将无法得出你们想要的结论。我无法完成一位演讲者应尽的首要使命——用一个小时的时间，把金科玉律印在你们的笔记本上，然后被当作圣典永远供奉在壁龛上。而我能做到的，只是就某个小问题提供一种见解——女性想进行小说创作，就必须有金钱的支撑和一间属于自己的房间；你们会发现，我的这一观点并未阐明女性的本质与小说的本质，也无法得出相关的结论。但作为补偿，我将尽我所能来阐明“女性写作与房间和金钱的关系”。接下来，我将向各位尽可能详细又自然地展示这一观点的形成过程。也许当我把得出这一论断所依据的个人经验和看法都公之于众时，你们就会明白，我的观点与女性和小说都息息相关。无论如何，当遇到具有高度争议性的

1 位于英国西约克郡，勃朗特姐妹的住所。

2 玛丽·米特福德（1787—1855），英国剧作家和诗人。伍尔夫写过一篇文章《米特福德小姐》，讲述了玛丽·米特福德送给伊丽莎白·巴雷特可卡猎犬的故事。

3 盖斯凯尔夫人（1810—1865），英国小说家，著有《玛丽·巴顿》等。

话题时——涉及两性的问题都备受争议——就不要指望有人能道出其中三昧了。人在演讲时，只能在表明怎样得到现在的观点，袒露出自己的局限、偏好和特点后，才能让听众有机会得出自己的结论。因为小说可能比事实包含更多的真谛，所以我打算行使小说家的全部自由和特权，跟大家聊聊这两天发生的故事——你们交代的这个话题让我不堪重负，以致闲暇的时候也在不停地思考。接下来我要描述的纯属虚构，牛桥大学是杜撰的，费纳姆学院亦是臆造[1]。“我”只是一个叙述称谓，并非特指某个人。我有时未免信口雌黄，但有些话还是有一定道理的，这需要各位辨伪存真，各取所需。如果我的演讲对你们来说毫无价值，那就请大家让它左耳朵进，右耳朵出，权当一阵风吹过吧。

那是一两个星期前，一个晴朗明媚的秋日，我（称呼我为玛丽·贝顿或玛丽·赛顿，又或玛丽·卡迈克尔[2]——或者愿意叫我什么都可以，这都不重要）坐在河岸边，陷入了沉思。因为之前提到的压力，如“女性与小说”这个话题将引发听众的各种偏

1 牛桥大学取自牛津和剑桥的部分字母。费纳姆学院由纽纳姆学院和格顿学院组成。

2 暗指苏格兰民谣《玛丽·汉密尔顿》或《福威尔·玛丽》。由苏格兰女王玛丽的四位侍女之一玛丽·汉密尔顿叙述，这首民谣讲述了她即将死亡的故事。她生下国王的孩子之后，杀死了这个孩子。民谣包括以下诗节：

昨晚玛丽女王有四个玛丽，
今晚她只有三个玛丽；
她有玛丽·赛顿和玛丽·贝顿，
还有玛丽·卡迈克尔和我。

见和激烈情绪，以及作为演讲者需要履行得出结论的职责，凡此种种，都压得我喘不过气来。身旁几簇不知名的灌木丛，被秋风染成了金色和红色，好似一团团燃烧着的火焰。远处的岸边，柳枝低垂，晕开无尽的愁思。天空、小桥、灌木，任凭河水映出它们的身影，在被泛舟学生的船桨划破之后，水面上激起的一圈圈波纹又迅速合拢并恢复原状，仿佛从未被打扰。人可以整天坐在这儿沉思冥想，如同掉进思想的旋涡里。思想——这么称呼一个念头未免有些夸大其词——如同鱼线没入水流，时间一点点流逝，随着波动的倒影和摇曳的水草辗转沉浮。直到鱼钩猛然一沉——你知道鱼咬住鱼钩一拽时的那股子猛劲儿吧——突然一股念头积聚成团上钩了，我马上小心翼翼地收线，轻轻把它展开。唉，我把这个念头摊在草地上，它显得这么微不足道，就像一条小鱼。老到的渔夫只会把它丢回水中，以待长肥后再钓上来，做成盘中美味。现在我不会让你们为这个念头而伤神，不过你们足够留心的话，还是能在我下面的讲话中察觉出一些蛛丝马迹来。

我觉得，不管这个念头多么无足轻重，仍具有独特的神秘性——一旦被重新放置回脑海中，就会立刻使人兴奋起来，荡起层层涟漪；它横冲直撞，四处闪现，激起一串串思想的火花，让人坐卧难安。思绪翻飞时，我已不知不觉疾走在一片草坪上。一个男人的身影突然闪现并拦住了我。起初我并未反应过来，这个穿着晚礼服衬衫，看起来有些滑稽的男人，正在朝我比比画画，露出惊恐又愤恨的表情。这时，直觉而非理性提醒了我：他是一名学监，而我是一个女人。这边是草坪，那边是人行道。只有研究员和学者有权在此停留，石子路才是我应走的地方。这些想法转瞬而过。当我回到那条小路上，他的手臂才放下来，脸色也恢复以往的冷漠。虽然石子路比草坪硌脚，但我也没受多少苦。不管这些研究员和学者来自哪个学院，我只能对他们提起一项控诉：他们就为了保护这块三百年来被修理平整的草皮，吓跑了我的思想之鱼。

当时究竟是一种怎样的念头促使我如此大胆地踏上那块草坪，我现在已经不记得了。但在十月的那个晴朗的早晨，如果说和平之光能从天堂照射到人间，牛桥大学校园里的建筑便沐浴在这柔和温暖的晨光中。所以当我漫步在几个学院古老的回廊里，之前所感受到的冷冽和不快被驱散了不少。我仿佛被一只神奇的玻璃樽罩了起来，外界的声音全部被隔绝了。我便也摆脱了现实世界的纷纷扰扰（除非再去踩踏那块草坪），可以自由随性地沉浸在任何与此时此景相契合的深思中。于是，不经意间我想起过去的某篇散文[1]，讲的大概是作者在一个悠长的假期重访牛桥大学的经历。这又让我想起查尔斯·兰姆——萨克雷[2]曾将兰姆的一封信高举头顶，称其为“圣人查尔斯”。的确，在所有的已故作

1 指查尔斯·兰姆于1820年首次在《伦敦杂志》上发表的文章《假期中的牛桥大学》，文中他讲述了在三一学院图书馆看到弥尔顿的《利西达斯》手稿时的失望心情：“看到乱石中的美玉，我是多么震惊！交错，更正！就像‘他们的话是致命的！’”

2 萨克雷（1811—1863），小说家，著有《名利场》。

家中（我想到哪里就说到哪里），兰姆是最和蔼可亲的，可以当面向他问出“请告诉我你是如何写散文的？”这样的问题。我认为，在散文创作方面，兰姆甚至超越了马克思·比尔博姆[1]，尽管后者做得足够尽善尽美了。因为兰姆充满了极其丰富又狂野的想象力，在行文中所迸发出的天才的灵感和火花，让他的散文闪烁着诗意的光芒，因此瑕不掩瑜。兰姆大概一百年前来过牛桥。他在一篇文章中——题目记不得了——提到他在这里看到过弥尔顿所写的一首诗的手稿，应该是《利西达斯》吧。兰姆在文中写道，当他意识到这诗稿中的词句有可能与现存的版本不同时，他大为震惊。在他看来，想到弥尔顿会改换诗中词语的念头都是一种对诗人的不敬。于是，这引起了我的兴致，开始搜罗脑中《利西达斯》的诗句，猜想会是哪个单词曾被弥尔顿改动过，以及原因是什么。接着，我突然想起兰姆当年所看过的诗稿就被放置在几百码之外，我正好可以追随他的脚步，穿过四方庭院，到珍藏诗稿的著名图书馆[2]一睹为快。在我动身前去的路上，又记起萨克雷的手稿《埃斯蒙德》[3]也被保存在这座图书馆中。在文学评论家

1　马克思·比尔博姆（1872—1956），散文家、漫画家，其畅销小说《祖莱卡·多布森》于1911年出版，伍尔夫在1928年曾与他见过一面。

2　暗指剑桥大学三一学院的莱恩图书馆，莱恩图书馆收藏了约翰·弥尔顿的《利西达斯》的手稿。

3　伍尔夫的父亲莱斯利·斯蒂芬将萨克雷的手稿《亨利·埃斯蒙德》捐给了三一学院的图书馆。斯蒂芬的第一任妻子哈里特·玛丽安是萨克雷的女儿。

的认知里，《埃斯蒙德》是萨克雷最完美的作品，但我认为这部小说矫揉造作，并且有模仿18世纪写作风格之嫌，这会将读者拒之门外。除非萨克雷的文风恰与18世纪相合——只要辨别手稿中的刻意改动是为了塑造文风还是为了充实文意，问题便迎刃而解了，不过这需要先区分何为文风、何为文意。在这个问题上——不经意间我已经走到了图书馆的门口，并且我确定是把门拉开了，因为此时一位白发苍苍、面目和善的绅士正站在我面前，如同这座图书馆的守护天使，只不过他并没有长着洁白的羽翼，而是身披一袭黑袍。他摆了摆衣袖让我退到门外，稍带歉意地低声解释道，女性只有在学院研究员的陪同下，或出示介绍信，方能入内。

一位女士的诅咒对于一座著名的图书馆而言，是无足轻重的。这座庄严肃穆的建筑如同一头沉睡的狮子，将所有的珍宝护于掌中，心满意足地进入梦乡。我觉得它会永远长眠不醒。我愤怒至极，边下台阶边发誓道，以后绝不会再踏入这里半步，绝不会从这里乞求半点优待。离午餐时间还有一个小时，该怎么消磨这段时光呢？到草坪上散散步，还是在河边坐着发发呆呢？那天上午的确秋高气爽，落叶飘红，无论做什么，时间都很容易打发掉。这时，一阵音乐传到我的耳畔，应该是有人做礼拜或举行某个庆祝活动。我循着乐声来到教堂门口，管风琴如泣如诉，静谧的空气中回荡着基督教徒们低沉的悲祷声，他们更像在缅怀过去所经历的苦难，而非单纯表达自己的悲伤情绪。连古老的管风琴发出的呜咽声也一同融入这片安宁之中。即便有权进入教堂，我也无意为之了。或许这次轮到教堂执事将我拦下，让我出示受洗证明或者教长的介绍信。这些富丽堂皇的建筑内外同样引人注目，并且看着教徒们聚集在教堂门口，像蜜蜂一样围在蜂巢口，进进出出，忙忙碌碌，也挺有意思的。很多教徒头戴方帽，身着长袍；有的肩上披着毛皮穗带；有的坐在轮椅上被人推着；还有的虽正值壮年，却已经满脸沟壑，身体在生活的重压下扭曲变形。他们的样貌如此怪异奇特，让人联想到水族箱底的巨型螃蟹和龙虾，每挪动一步就累得气喘吁吁。我倚着墙上下打量这所大学，它就像一个收容了各色怪异人种的庇护所。一旦把他们解散出来，丢到斯特兰德大街上自谋生路，肯定很快就活不下去了。我脑海里突然浮现出这些老院长和老教授的陈年旧事，传说他们一听到口哨声便拔腿就逃，我刚鼓足勇气要冲他们吹口哨——这些聚集在门口的教徒已经进去了。只剩下这所教堂的外墙供我打量，从远处眺望教堂那高高耸立的穹顶和尖塔，它像一艘永不靠岸的航行中的舰艇，一入夜便会亮起点点灯火，透过层峦叠嶂，绵延数里都能看得到。目之所及，现在这间四方庭院内草坪齐整，建筑雄伟，或许这里过去只是一片荒草萋萋、猪猡拱食的沼泽地。想必曾经有一批批的牛马车队从千里遥远的乡下将一车车石料拉过来，工人们经过无休止的劳作把这些灰色的砖一块块垒起来，我才得以在这墙下乘凉。接下来画匠把他们带来的玻璃装嵌到窗户上，在随后的这几百年中，泥瓦匠们拿着瓦刀在屋顶上涂抹油灰和水泥，不停地修修补补。一到周六，就会有人拿出皮袋子，将金币银币大把大把地倒到这些工匠的手心里，让他们喝喝酒、打打九柱戏[1]，放松快活地过一夜。我觉得，只有将金钱如流水般源源不断地输送到这个庭院，才能保证石料的供应，泥瓦匠们才能继续劳作：整地、刨土、挖沟、排水。这是一个有信仰的时代，大量的钱财涌进来，把地基打造得坚实深厚，把砖墙砌得结实牢固。之后，又会有更多的金钱从国王、王后和王公贵族的金库里滚滚流出，以确保圣歌能继续在这里传诵，知识能继续在这里传播。学校不仅被赐予大量的土地，还有权征收什一税。即使虔于信仰的时代一去不复返，理性的光辉普照大地，财源仍然不断，学校还利用这笔钱增设研究员和讲师职位。只不过这些金子银子不再是从国王的金库里抬出，而是出自商人、制造商们的钱箱里，还有厂商们的钱袋子里。因为这些人曾在学校习得一技之长，作为回馈，他们在遗嘱中捐出一大笔财富用来给学校添置桌椅，聘请更多的讲师和研究员。于是，学校陆续建了图书馆、实验室和天文台；玻璃柜中摆放上了精密昂贵的仪器设备。可有谁曾想到，几百年前这里杂草丛生，野猪乱跑？当我在庭院

1　英国的滚球撞柱游戏。

里四处闲逛时，发现由金银打造的地基确实深厚无比，铺就的人行道也将荒草遮盖得严严实实。头顶托盘的男服务员在楼内上上下下地忙活着。窗台花盆里的鲜花浓烈地绽放着。屋内的留声机发出喧闹的音乐。这些都会引起我的遐想——不管想到什么，终究会被打断，因为钟声报时了，该去赴午餐会了。

有趣的是，作家们在写小说时总能说服读者去相信这么一件事，那就是午餐会之所以能令人难忘，皆因席间人们的机智谈吐或高雅举止。他们极少会浪费笔墨去描绘食物本身。小说家们形成了这样的默契，对炖汤、鲑鱼或乳鸭只字不提，仿佛餐桌上的食物无足轻重，仿佛没人会在吃饭时吸烟或者喝酒。但是，现在，我就要冒昧地打破这一惯例，给你们详细描述一下这次午餐会的菜品：前菜是鲽鱼，校厨把做好的鱼放在深盘里，铺上一层白花花的奶油，褐色的鱼肉星星点点地露出来，像极了母鹿身上的斑点。主菜是山鹑，如果你认为这道菜只是几只烧熟了的小鸡，那就大错特错了。烤山鹑上了很多只，并且搭配的酱料和配菜都不同，有辣有甜，百般滋味依次在舌尖跳跃；土豆片薄如硬币，软硬适中；甘蓝只留中间的嫩芯，宛如玫瑰花苞，味美多汁。我们刚刚享用完烤肉和配菜，一旁默不作声的侍者，也许就是之前遇到的那位学监，只不过他的表情变得更温和了，立刻将甜点摆在我们面前。甜点四周以餐巾装点，夹起来时大量的糖霜翻涌似波浪。我不知道它的名字是什么，但肯定不是布丁，因为布丁让人联想到大米和木薯粉，一点也不上档次。在品尝美味的同时，酒杯里斟满了黄色或红色的琼酿，一杯接一杯地被我们饮入肚中。渐渐地，酒精顺着喉头滑到脊柱中央，所谓灵魂的栖息之地被点燃了，所发出的并非电光石火般的机智之光，那只会迸发在我们浅谈时的唇齿之间，而是一团燃烧起来的熊熊的金色火焰，出现在更为深邃、微妙、隐晦的理性交汇处。不必急于求成，不必锋芒毕露，不必效仿他人，做自己就好。我们都会上天堂，凡·戴克[1]也会同去——换句话说，点上一支好烟，找个靠窗的椅子，让身体陷入柔软的坐垫中，会发现生活是多么美好，它给予人们的回报是多么慷慨，人世间的埋怨、妒忌是多么微不足道，志同道合的友情是多么令人向往。

如果手边恰巧放着一只烟灰缸，如果不必无奈把烟灰弹到窗外，接下来发生的事情可能就会有所不同，就不会看到那只无尾猫。这个没尾巴的小动物踏着轻柔的步伐悄无声息地穿过四方院，它的突然出现让我潜意识里恢复了一些理智，胸中的火焰也熄灭了不少，仿佛头顶上方有道阴凉投下来。或许这美味的莱茵白葡萄酒正在慢慢地失去它的效力。接着，我看到这只马恩岛猫[2]驻足在草坪中央，好像也在探寻着这个宇宙。这个场景让我感觉

1　凡·戴克（1599—1641），比利时弗拉芒族画家，英国国王查理一世时期的英国宫廷首席画家。

2　一种生长在马恩岛上特有的无尾猫，这种猫象征着女人被消声或被抹去的历史。

好像哪里缺失了什么东西，又像什么地方不对劲。但到底是缺少了什么？哪里不对劲呢？周围的人们在自顾自地聊天，我不禁暗暗自忖。为了寻找答案，我不得不让自己的思绪飘离这个房间，回到一战爆发之前，眼前浮现出另一场午餐会的场景。就在离这儿不远的地方，只不过那时所发生的一切都与现在不同。当我浮想联翩的时候，宾客们正聊得尽兴，他们人数众多，大部分是年轻人，有男有女；聊天的氛围轻松融洽，他们的对话随意、自在又有趣。接着，我试着把他们当下的交谈放置在战前那场午餐会的背景下，对比这两场谈话时，我发现两者似乎别无二致，于是便断定这一个是上一个的完美延续。没有任何变化，没有任何不同，只是当我竖起耳朵仔细分辨言语背后的那种气韵时，是的，没错，不对劲的地方就出在这里。虽然在战前战后类似的午餐会上，大家交谈的话题和内容大致相同，但听到耳朵里的感觉却不同。因为在战前的日子里，人们的交谈像是低声吟唱，咬字吐音虽不清晰，但悦耳的韵律让词语本身带了些乐感，不禁让人心驰神往。我们能否把这些音符转化为文字呢？借助诗人的神力或许可以。我随手翻开身边的一本书，映入眼帘的是丁尼生的诗歌，于是我听到丁尼生在吟唱：

一颗晶莹剔透的泪珠
从门前盛开的西番莲滑落。

她来了，我的白鸽，我的爱人；
她来了，我的生命，我的宿命；
红玫瑰高喊，“她走近了，她走近了”；
白玫瑰低啜，“她来迟了”；
飞燕草支起耳朵，“我听到了，我听到了”；
百合花压低声音，“我在等待”。[1]

这是战前男人们在午餐会上哼唱的诗吗？那么女人呢？

我的心像只歌唱的鸟儿，
把巢儿筑在水嫩的新枝上；
我的心像棵苹果树，
被累累硕果压弯了枝条；
我的心像枚七彩贝壳，
在平静的海水中开开合合；
我的愉悦胜过所有的一切，
因为我的爱人即将来到我的身旁。[2]

这会是战前午餐会上女人们哼唱的诗吗？

---

1 出自阿尔弗雷德·丁尼生的独白诗剧《莫德》，第22部分，第10节。

2 出自英国女诗人克里斯蒂娜·罗塞蒂的《生日》，第一节。

一想到战前人们会哼唱这些诗歌，甚至在午餐会这样的场合压低声音去唱，我就觉得十分荒唐可笑，禁不住笑出声来，只能假意指着那只马恩岛猫来掩饰自己的笑声。这只可怜的猫没有了尾巴，站在草坪中央，看起来确实有点滑稽。它是天生如此，还是在一场事故中失去了尾巴？听说马恩岛上的确有这种无尾猫生存，但数量比我们想象的要少很多。这个品种的猫不算漂亮，但很新奇有趣。“有没有尾巴竟然能造成外貌上的巨大区别，真是奇怪啊”——你知道的，当午宴结束后，宾客们起身拿取自己的衣物时经常会聊这些有的没的。

由于主人的盛情款待，这场午餐会一直持续到黄昏时分。金秋十月，暮霭沉沉，我走在学校的林荫大道上，两旁落叶纷纷。身后的一扇扇大门轻缓笃定地闭合，数不清的学校管理员将无数把钥匙插进上好油的锁眼里，锁好门。这样，今晚这些装有宝藏的屋子就有保障了。林荫道的尽头是另一条路——我忘记路名了——如果不乱转弯的话，就会一直通向费纳姆学院。晚餐要到7点半才开始，我有的是时间。即便不吃晚餐都可以，因为午餐太过丰盛了。奇怪的是，那几句诗始终萦绕在我的脑海里，驱使着双脚和着韵律向前踏步。在我快步走向海丁利时，这些诗词——

一颗晶莹剔透的泪珠

从门前盛开的西番莲滑落。

她来了，我的白鸽，我的爱人……

在我的血液里翻涌着。此时，随着河水拍打堤坝，我转换到另一种节奏唱道：

我的心像只歌唱的鸟儿，

把巢儿筑在水嫩的新枝上；

我的心像棵苹果树……

多么伟大的诗人啊，我呼喊道，像人们借助暮色的掩盖大声呼喊出心里的想法，他们是多么伟大的诗人啊！

怀着些许的嫉妒之心，我琢磨着在我们这个时代能否找出与丁尼生或克里斯蒂娜·罗塞蒂一样伟大的诗人，平心而论，这样的比较着实显得非常愚蠢和荒唐。很显然，我凝视着泛起泡沫的河水思量，我们是找不到的，这两位诗人是无与伦比的。诗歌之所以让人如此心驰神往，如此忘乎所以，就在于它歌颂了人们过去内心深处共有的情感（比如战前的午餐会），因此我们能够轻易地与之产生共鸣，不必费心去印证具体是什么样的情感，也不必劳神去和当下的心情做比较。而当代诗人通过诗词所传递的情感却是生搬硬套的，他们把人们当下的情感硬生生地剥离出来。

读者往往一开始无法识别这种情感，于是心生莫名的抵触情绪。每当满怀渴望地读着这些现代诗时，我们总不免将这种情感与所熟悉的那份旧情怀做比较，嫉妒和犹疑之心顿生。所以我们说现代诗晦涩难懂，也正是由于它难懂。任何一位现代诗人，不管他有多么优秀，我们最多也只能记住他的两行诗。因此——我的记忆力也有所不及——拿不出足够的证据来证明我的观点。我朝着海丁利的方向继续走着，可是仍然想不明白：为何人们在午餐会上的谈话会失去了气韵？为何阿尔弗雷德不再吟唱：

> 她来了，我的白鸽，我的爱人

为何克里斯蒂娜停止了应和：

> 我的愉悦胜过所有的一切，
> 因为我的爱人即将来到我的身旁。

我们能否将罪责归咎于战争？是否可以这样推断，从1914年8月开始，在炮声中，男人和女人的面庞在彼此眼中失去了颜色，导致浪漫就此终结了呢？不过看到在炮火的映照下统治者们的嘴脸，确实令人震惊（尤其是对那些仍幻想着能接受教育的女性而言）。他们——德国人、英国人、法国人——看起来如此丑陋不堪，如此愚蠢至极。不管我们将责任归咎于何人何时何地，那引起丁尼生和克里斯蒂娜·罗塞蒂为爱人的到来而激情歌唱的美妙幻想，如今已经变得少之又少了。我们只能通过阅读、观察、倾听和回忆，来感受这种幻觉。那么，我们为何要用“归咎”这个词呢？既然这是一场幻觉，为何不赞颂这场浩劫——不管如何去定义它——因为它破除了幻象，揭示了真相？说到真相……这些省略号代表了某个地点，我就是在那里为了寻找真相而错过了去费纳姆学院的路口。是的，没错，到底哪个是真相，哪个是幻象？我问自己。就拿这些房屋来说，傍晚时分，暮色笼罩下的红窗户里散发出朦胧的灯光，看起来是多么温馨欢乐。可一到早上9点钟，屋里没来得及收拾的点心和鞋带让整个房子看起来又脏又乱，哪个才是房屋的真实面目？再打个比方，薄雾渐起，那袅袅垂柳、潺潺小溪和沿岸的花园变得隐约可见。但在日光中，它们便会披上一层金红色，究竟哪个是实，哪个是虚呢？在此我就不向你们具体阐述我的所思所想了，因为在去海丁利的路上，我并没有得出什么结论。只想让诸位知晓，我很快就发觉自己转错了弯儿，便立马折回通往费纳姆的路上。

之前我曾提到，这是十月的一天，我不敢随意更换季节，更不敢把春天盛开的紫丁香、番红花、百合，还有其他各种花卉乱写一通，免得失去大家对我的尊重，破坏了小说的好名声。小说必须忠于事实，并且越接近真实越好——大家都这么认为。因此依旧是秋日时分，黄叶依旧簌簌落下，如果非要说有什么变化，不过是叶子飘落得更快了，因为已经到了晚上（准确来说是7点23分），稍稍起风了（确切来说是西南风）。但总体而言，有些不寻常的事情正在发生：

> 我的心像只歌唱的鸟儿，
> 把巢儿筑在水嫩的新枝上；
> 我的心像棵苹果树，
> 被累累硕果压弯了枝条……

或许是克里斯蒂娜·罗塞蒂的这些诗句在一定程度上使我产生了荒唐的幻觉——当然这绝对只是一场幻觉——紫丁香攀上花园的墙头，小小的花瓣在风中摇曳着，引得黄粉蝶上下翻飞，扬起的点点花粉弥散在空气中。不知从哪个方向吹来一阵微风，掀起新生的片片嫩叶，闪现出一道银灰色的光芒。夜幕降临，华灯初上，窗玻璃映衬着的各种色彩愈加浓烈，紫色和金色重重叠叠，夺目闪耀，像一颗按捺不住不停跳动着的心。不知为何，尘世间的美宛如昙花一现，转瞬即逝。（此时，我一下子推开花园的大门走了进去，因为门没有上锁，学监也不在附近）这即将消逝的尘世之美如同一把利刃，一面令人愉悦，一面令人悲伤，刀刀令人心碎。沐浴在春天的暮霭之中，费纳姆学院里这座生机勃勃的花园在我眼前一览无余，园内野草萋萋，黄水仙和蓝铃花零星地点缀在高高的芒草之间，肆意地生长着。也许，它们在最美的花期也随意伸展着自己的枝蔓，纷繁杂乱，更何况春风四起，更是随风拽着自己的根茎左右摇曳。红砖房子上镶嵌着拱形的窗户，好似轮船的舷窗，在巨浪中浮浮沉沉。春日里的云朵轻快地掠过窗棂，投下或柠黄或银白的光影。有人躺在吊床里，由于光线昏暗，人影幢幢，只能捕捉到一些模糊的身影，一半靠看，一半靠猜。有人好像穿过草坪径直跑了过去——难道没有人拦住她吗？——接着，我又看到一个人从露台上探出身来，她额头饱满，着一袭旧衫，显得威严又谦逊。她弯着腰，好像是为了呼吸一下新鲜空气，看看花园的景致——莫非她就是那位著名的学者，莫非她就是简·哈里森[1]——本人？这一切景象虽然如此地朦胧，却给人强烈的冲击感。笼罩着花园的薄雾仿佛一条纱巾，顷刻间被清澈的星光或冰冷的刀刃割成了碎片——某种可怖的现实将春天的心脏划开一条口子，迸发出一道寒光，因为青春——

我的汤端上来了。晚餐设在大餐厅内。其实，现在还是十月的那个夜晚，并非春天。所有人都在这个大餐厅里就位，晚餐已经准备好了。看看我的汤吧。这是一盘平淡无奇的肉汤，汤盘里

1　简·哈里森（1850—1928），第一批从纽纳姆学院毕业的女性之一，并且于1898年至1922年，担任该学院古典考古学专业的讲师。她非常关注女性在希腊宗教方面的地位和作用。

的内容激不起半点儿食欲，汤汁寡淡到能看到盘底的图案。可惜这汤盘也很普通，连花纹都没有。第二道主菜是牛肉，配的是青菜和土豆——家常菜的老三样搭配。这不禁让人联想到周一大清早地面泥泞的菜市场，市面上摆放着的牛臀肉和菜叶都发黄发蔫的甘蓝，以及妇女们提着网兜和商贩讨价还价的声音。既然这里食物供给充足，相比之下煤矿工人们的伙食肯定更差，我也没有任何理由抱怨这普通的饭菜了。接下来上的甜品是梅子干和蛋挞，或许有人会发牢骚说，即便有软嫩的蛋挞配合食用，梅子干仍然是没有营养的蔬菜（它们不算是水果）。它们坚硬如守财奴的心肠，嚼出的汁水少得如同守财奴枯萎的血管里流淌着的血液。他们一辈子舍不得喝酒、舍不得穿暖，收敛的钱财也舍不得接济穷人。刚才还抱怨梅子干的人应该要反思反思了，因为世界上至少还有人愿意施舍这干巴巴的食物。最后端上桌的是饼干和奶酪，一时间水壶在大家手中交替传递，因为这些饼干干到令嗓子眼儿冒烟。食物全部上齐了。晚餐到此结束。所有人挪动身体把椅子吱吱嘎嘎蹭到身后，扬长而去，只见弹簧门开开合合有节奏地前后摆动着。很快桌上的残羹剩饭被收拾一空，餐厅准备就绪，以待人们明天过来吃早餐。走廊内外，楼梯上下，到处都是英格兰青年们的吵闹声和唱歌声。而作为一名客人、一个陌生人（我在费纳姆学院跟在三一学院、萨默维尔学院、格顿学院、纽纳姆学院或是基督堂学院一样，都没有什么特权），我不能抱怨

"晚餐不太可口"，也无法反问（那会儿，我正和玛丽·赛顿坐在她的客厅里）"我们不能在这儿单独用餐吗"，因为一旦我说出类似的话语，就好像在窥探和觊觎别人的家底。而在外人面前，一个家庭往往会伪装出无忧无虑、乐观向上的假象。不行，这样的话是绝不能说出口的。说真的，谈话一时变得索然无味了。人类的身体结构天生如此，心脏、躯干和大脑是统一的有机体，即便再过一百万年也不会单独工作、互不影响。因此，一顿美味可口的饭菜能促成一场愉快的交谈。一个人如果吃不好喝不好，那他也别想拥有一颗清醒的大脑、谈一场甜蜜的恋爱、睡一个香甜的好觉。光靠吃牛肉和梅子干是无法点亮我们心中那道灵魂之光的。我们或许都会上天堂，期待在下一个转角遇到凡·戴克——这就是一天辛苦工作之后，只补充了牛肉和梅子干少量营养的人们游离散漫且受限的精神状态。好在令人开心的是，我的一位教理科的朋友家里有个橱柜，里面藏着一坛酒和几只小酒杯——如果再有鳎鱼和山鹑做下酒菜就更好啦——这样我们就能围炉而坐，喝几口小酒来消解这一天的辛苦和疲惫。不消一分钟，大家就热络起来，之前积攒了许多感兴趣和有意思的话题，遇到朋友自然要畅快地聊上一番，下次相聚时必定会继续交换新的见解。例如，怎么某人结婚了，那个谁还单身；某某持这个观点，某某却与之背道而驰；有人平步青云，令人惊羡，有人却每况愈下，令人惋惜——话题一聊开，就难免要对种种人性和脚下的这个大千世界评头论足一番。就在大家畅所欲言的时候，我发现自己走神了，不顾当下正在聊的话题，不由自主地进入另一个场景，于是顿觉羞愧难当。我们或许一直在谈论西班牙或者葡萄牙、书籍或者赛马，但我真正感兴趣的却不是上述这些内容，而是约莫五百年前泥瓦匠在高高的屋顶上劳作的场面。王公大臣把成袋成袋的金银珠宝运过来，化作地基贮藏在这片土地之下。这个画面始终清晰地浮现在我的脑海中，与另一个画面交替出现：枯瘦如柴的母牛、满地泥泞的市集、蔫掉的蔬菜及守财奴的铁石心肠——这两幅毫无相似之处、毫无关联的画面并置在一处看似荒诞可笑，却总是竞相出现在我的眼前，而我却毫无招架之力。为了避免我们整个谈话因为我的开小差而变得无趣，最佳办法便是将我刚才走神的全部内容公之于众。运气好的话，或许我脑中的这两幅画面很快就会被新一轮话题所淹没，像埋在温莎古堡下老国王的头骨[1]，在棺椁被打开的瞬间，立刻褪色，瓦解成齑粉，风一吹便化作一缕青烟。于是，我简要地向赛顿小姐描述了那些多年在小教堂屋顶上忙活的泥瓦匠，还有国王、女王和贵族们，他们肩扛整袋整袋的金币银币，又一铲子一铲子把这些钱币埋进土里。而到了我们现在所处的这个时代，我在想，这些大资本家是如何将大笔大笔的支票和债券放进曾经埋藏银锭和金块的地

1　指英格兰的国王查理一世，于1649年被斩首。他的棺椁放置在温莎的圣乔治教堂，于1813年被挖掘。

方的。我跟赛顿小姐说道，所有的财富都埋在了男子学院的地底下；而这所女子学院，也就是我们所在的这个地方，在这些艳俗的红砖建筑和杂草丛生的花园下面，埋的又是什么？我们晚餐时用的简易瓷器，还有（我没来得及停住，话就脱口而出了）品质一般的牛肉、蛋挞和梅子干，这些廉价东西的背后是哪股力量在操纵着呢？

事情是这样的，玛丽·赛顿说道，在1860年前后——对了，你应该也了解这段历史，她有点儿不耐烦地说，估计是翻来覆去说过很多遍了。不过她还是跟我讲了起来——我们先租好场地，成立了委员会，邮件上写好地址发了出去。然后拟定公告，召开多场会议，并宣读了各种回执，如某位先生许诺要捐赠重金，而另一位却一毛不拔。《星期六评论》还对此出言不逊。我们一直在思索该如何筹措资金来支付办公费用。要不要举办一场义卖活动？能不能找位漂亮姑娘帮我们装装门面？再看看约翰·斯图尔特·穆勒[1]就此事是怎么说的。谁能说动某某报社的编辑把一封信刊登出来？能不能劝说某某夫人在这封信上签个名？不巧这位夫人那会儿出城了。六十年前，建校的整个过程大概就是这样，我们为此花费了大量的心力和时间。经历了千辛万苦，几经周折，

1　约翰·斯图尔特·穆勒（1806—1873），英国哲学家，《女性的屈从地位》的作者。1865—1868年，穆勒任自由党议员，并向议会提交了第一份女性选举权法案。

才筹集到三万英镑[1]。显而易见，她说，我们喝不起美酒，吃不起佳肴，雇不起头顶托盘的仆人，也用不起沙发和单间。“生活上的舒适便利，”她引用某本书上的话说，“还是等等再说吧。”[2]

想到这些女人年复一年、日复一日地工作，都很难凑齐两千英镑，却拼尽全力争取到了三万英镑，我们不禁要讥讽一番，女性到了如此贫穷的境地，实属不该。我们的母亲一天到晚都在忙些什么，怎么一点财产都没有留给我们？她们忙着往脸上涂脂抹粉，忙着逛街购物，还是忙着享受蒙特卡洛的日光浴？壁炉台上摆放着几张照片。玛丽的母亲——如果这是她的照片——也许一有空闲就会出去挥霍享乐（她为教堂里的一位牧师生了十三个孩子）。倘若她的生活真是如此快乐富足、奢靡放荡，我们为何却看不到本该洋溢在她脸上的幸福和满足？相反，照片里玛丽的母亲是一位相貌平平的普通老妇人，披着一条格子围巾，上面别着一枚巨大的彩色浮雕胸针。她坐在藤椅上，正逗着一条西班牙猎狗朝相机的方向看去，老妇人神情愉悦又略带紧张，她知道一旦快门按下去，这条狗肯定会乱动。假设当初她出去做生意，成为丝绸制造商，或是证券

1 “据说，我们至少需要募集到三万英镑……考虑到这将是大不列颠、爱尔兰及附属国唯一一所女子学院，鉴于男校能轻而易举地筹措到大笔资金，这笔钱的数额并不大。然而真正希望女性受教育的人并不多，所以，这三万英镑也算是个大数目了。”（史蒂夫夫人《艾米丽·戴维斯与格顿学院》）——原注

2 “募集来的每一分钱都被用来建设学院，生活上的舒适便利不得不等到日后再考虑。”（R. 斯特雷奇《事业》）——原注

交易所的巨头，然后捐给费纳姆学院二三十万英镑，那么我们今晚就能惬意地坐着畅谈考古学、植物学、人类学、物理学，或者探讨一下原子的属性，聊聊数学、天文学、相对论和地理学。只要赛顿夫人和她的母亲，还有她母亲的母亲，都掌握了赚钱这门伟大的艺术，跟她们的父辈和祖父辈先前所做的一样，留下自己的财富，为女同胞专门设立研究员和讲师职位，颁发各种奖项和奖学金，我们现在就可以无比舒适地坐在这里独自享用珍禽，开一瓶美酒；我们完全可以心安理得地去憧憬美好的未来，从事专为我们而设的职业，愉快又受人尊敬地度过一生。我们可以去探索未知世界或从事写作；可以悠闲地游览世界各处的圣地；可以坐在帕特农神庙的台阶上静思；或者上午懒洋洋地起来，十点整再到办公室，下午四点半就可以轻轻松松地回到家里，然后悠闲地写几句小诗。只是，假如赛顿夫人她们十五岁时就早早地投身商业，那么——这就是此假设的症结所在——就不会有玛丽的存在了。我问玛丽，你对此有什么想法？透过窗帘的缝隙向外看去，十月的夜晚宁静而迷人，树叶渐黄的枝头挂着一两颗闪烁的星星。为了换取她母亲大笔一挥给费纳姆学院五万英镑的捐赠，她准备好放弃眼前的良辰美景，甘愿抹掉在苏格兰生活的美好回忆吗？而那里承载着她儿时的欢声笑语、嬉戏打闹（尽管人数众多，但是一个快乐的大家庭），而苏格兰清新的空气和香甜的蛋糕也总令她赞不绝口。因为，要想资助一所学院，就势必要牺牲家庭。既要赚大钱又要生养十三个孩子——世界上没有任何人能做到两者兼顾。我们来罗列一下客观事实吧。首先，十月怀胎，一朝分娩，婴儿呱呱坠地后，要至少喂三四个月的奶水，辛苦的哺乳期过后，还要花上五年的时间来陪伴孩子成长，总不能放任孩子满大街乱跑。有人曾去过俄国，看到那边的孩子没人管，到处疯跑，回来跟我们说，这些野孩子可真不招人待见。老话说，一到五岁是人的性格形成的关键时期。我问玛丽，如果赛顿夫人在你成长的过程中忙着赚钱，那么你对儿时的嬉戏和打闹会留有怎样的印象？你对苏格兰的记忆会变成什么样呢？那里的空气是否还清新，蛋糕是否还可口呢？只可惜这些问题已经毫无意义了，因为在这样的假设之下，你根本不会来到人世间。并且，如果赛顿夫人和她的母亲，以及她母亲的母亲即便积攒了大量的财富并投入学院和图书馆的建设当中，接下来会发生什么，这个问题同样毫无意义。因为，首先，在那个年代女性赚钱是不可能的事情；其次，即使有这个可能性，法律也会剥夺女性拥有财富的权利，哪怕这些钱财是她们靠自己的辛苦努力而获得的。直到四十八年前[1]，赛顿夫人的储钱罐里才放进去自己人生中的第一枚钱。而在此之前的千百年里，女人的全部财产都归属她们的丈夫——正是这个规定，阻止了赛顿夫人和她的母辈们迈入证券交易市场的脚

1 英国在1870年颁布的《已婚妇女财产法》规定，妇女婚后拥有保有自己收入和财产的权利。1882年，该法案被修订，扩大了财产保护的范围，不限定财产收入的来源和时间。

步。她们很可能会这么说，我挣的每一个便士都会被丈夫没收，交由他来管理——或许被用来为贝利奥尔学院或国王学院设立奖学金和研究员职位。所以说，即便我有能力挣钱，这个事情对我而言也没有什么吸引力。钱还是留给男人去赚吧。

不管是否要责备照片上那位逗狗的老妇人，毫无疑问的是，我们的母辈出于某种原因，将自己的事业打理得一团糟。她们一分钱也没有留下，来供我们享受一下“生活上的舒适便利”，更别提让我们享用美酒佳肴、雇用学监管理草坪、购买书籍和雪茄、到图书馆消磨时光了。在荒芜的地面上垒起几堵光秃秃的墙就已经达到她们能力的极限了。

我们靠在窗边一面交谈，一面欣赏夜景，和城里其他千千万万的人一样，在每个夜晚都要俯瞰这座名城的穹顶和塔楼。在秋天月夜的笼罩之下，这座城市变得越发美丽而神秘。古老的石柱显得异常洁白庄严，让我想到贮藏在那里的浩繁卷帙；想到那些挂在镶嵌有雕花木板房间里的老主教和名人的画像；想到在街道上投下各种光怪陆离的星球和新月幻影的彩色玻璃窗；想到匾额、纪念碑和上面镌刻的铭文；想到喷泉和青草地；想到静悄悄的庭院四周那些安静的房间；我还想到了（请原谅以下这些念头）令人陶醉的香烟和醇酒，可以将身体深深陷进去的扶手椅，以及柔软的地毯：高贵、优雅、端庄的品质来自奢华、清幽、宽敞的环境。当然，与这些相比，我们的母亲为我们留下来的东西完全不值一提——她们连三万英镑都难以凑齐，她们要为圣安德鲁斯教会的教士们生十三个孩子。

之后，我起身返回这几天住的小旅店，穿行在幽深的街道间，不禁思绪万千，像那些结束了一天工作的人，终于有时间静下心来想想自己的事情。我十分纳闷儿，为何赛顿夫人没有留给我们任何财产？贫穷对一个人的心智会产生怎样的影响？而财富呢？我记起今天早上我碰见的那些肩披毛皮穗带怪模怪样的老绅士，他们中间只要有一个人吹起口哨，另一个拔腿就跑；我想到小教堂里管风琴齐奏的轰鸣声，以及图书馆对我紧闭的大门；接着立马想起被拒之门外的感受是多么不快；而被锁在里面的感觉或许更糟糕；我又想到男性生活得富足安稳，而女性则贫困动荡。我还想到，社会传统的完备和缺失对一位作家的创作会产生怎样的影响。最后，我想是时候把今天所经历的各种争论和留下的种种印象、所有的愤怒和欢笑，一股脑儿打包扔进篱笆墙里。抬头望去，广袤而寂寥的蓝色夜空中，群星闪耀。面对这个神秘莫测的世界，人显得如此孤单渺小。人们都睡着了——或侧卧或仰卧，沉默无声。牛桥街头巷尾空无一人，旅店的扉门也是一推即开，仿佛背后有一只看不见的手——没有值班门房起身点灯，帮我照亮回房间的路，夜已经很深了。

第二章

请大家继续跟随我的脚步，现在已经换了新的场景。时间依旧是落叶纷纷的秋季，只不过地点由牛桥转换到了伦敦。请大家发挥想象力，在头脑中描画出一个房间，它跟其他千万个普通房间一样。我们透过窗子向外望去，目光掠过街上行人的帽子、货车和汽车，可以看到对面房屋的窗户。屋内的桌子上铺着一张白纸，上面赫然写着几个大字——“女性与小说”，但没有下文。很不幸的是，在牛桥吃过午餐和晚餐之后，作为经典旅行线路，似乎不可避免地要去大英博物馆走上一遭。在这个过程中，只有把个人因素和偶然因素从这些印象中筛除，才能获得纯粹的真理，就像提取纯净的精油一样。因为上次的牛桥之旅及那里的午餐会和晚餐让我疑窦丛生。为何男人能饮酒，而女人只能喝水？为何一种性别的人如此富足，而另一种性别的人却如此落魄？穷苦生活对小说家的写作事业会有何影响？从事艺术创作需要具备哪些必要条件？——千般疑问涌上心头。但目前急需的是答案，而非问题。若想得到答案，只能向学识渊博、客观公正的人请教，因为他们早已不逞口舌之快，摆脱了生理上的困扰，将自己的逻辑推理过程和研究结果著书立说，收藏在大英博物馆内。我立刻找到笔记本和铅笔，反问自己，如果在大英博物馆的书架上都找不到答案，那么还能到哪里找寻呢？

既然已经准备就绪，满怀信心和求知的渴望，我于是踏上寻找真理的征途。天空阴云密布，空气沉闷，好在没有下雨。博物馆周围的路面上到处都是大大小小的地下储煤仓口，这会儿都被打开往里面倾倒整袋整袋的煤炭。几辆四轮马车从远处驶来，停在了人行道旁，从里面卸下一个个捆扎结实的纸箱子，里面或许塞满了某个瑞士或意大利人一大家子的衣物，他们过来可能是为了寻找发财的机会，可能是为了寻求庇护，也可能是打算冬季在布卢姆斯伯里找个栖身之所，谋求一个有利可图的差事。声音沙哑的商贩照例推着手推车沿街叫卖着花卉和蔬菜，他们有的扯着嗓子吆喝，有的则唱着小曲儿招揽生意。伦敦这座城市就像一个大工厂里的一台织布机，每个人像梭子一般在机器上飞奔穿梭，最后在白色的布面上织出某个图案来。大英博物馆便是这个大厂房的其中一个车间，我猛地一下推开弹簧门，发现自己站在气势恢宏的穹顶之下，如一颗渺小的思想微粒钻进一个锃亮宽广的大脑门里，周围则是一圈星光熠熠的伟人的名字[1]。我走到借阅台旁，取出一张借书卡，然后打开一卷目录，然后……我惊愕迷茫了好一阵子，前面那五个点分别代表五分钟，那算起来应该差不多有半个小时。你们是否知道，一年内出版了多少本与女性相关的书？你们是否知道，其中有多少本是男人写的？你们是否意识到，自己或许是全宇宙中被议论最多的生物？我来的时候带着笔记本和铅笔，原本预计看完一上午的书就能在我的本子上记下找到的真理。却绝望地发现，我需要同时变成寿命很长的大象和眼睛最多的蜘蛛，才能完成任务；我需要长出钢铁般的利爪和黄铜般的利牙，才能凿开包裹着真理的硬壳。如何能在这堆积如山的书卷里，找到埋藏其中的真理之核？我喃喃自语着，已经快心灰意冷了，于是开始上下打量起目录里那串长长的书名。光是这些书的题目就让我目不暇接、眼界大开了。当然，一部分专著是由医生和生物学家所写。除此之外，令人感到奇怪和费解的是，性别——其实就是女性话题——能受到这么多人的关注，包括友善的散文家、技艺高超的小说家、拿到文学硕士文凭的年轻人、不学无术的混混，以及除了性别不是女性，全无半点特征的人。有

1　大英博物馆的圆形阅览室的穹顶刻着以下著名作家的名字：乔叟、卡克斯顿、廷代尔、斯宾塞、莎士比亚、培根、米尔顿、洛克、艾迪生、斯威夫特、蒲柏、吉本、华兹华斯、司各特、拜伦、卡莱尔、麦考莱、丁尼生、勃朗宁。1905年，伍尔夫在日记里这样写道：“这里如此地安静、庄重、严肃，令人不寒而栗；穹顶上写满了伟大作家的名字；我们像偷吃面包屑的小老鼠，畏畏缩缩，胆战心惊。”

些书看起来言辞浅薄，内容无聊可笑，但也有很多书严肃认真，给人警示，催人奋进。单看这些书名就能想到，有无数位教师、牧师纷纷登上讲台和讲坛。他们就这个话题展开了自己的论述，长篇大论，口若悬河，一般的演讲时间远远满足不了他们的需求。这种现象非常奇怪。显然——这会儿我查到首字母为M[1]的这一栏书目——这部分只涉及男性主题。女性作家不写与男性相关的作品——为此我感到无比欣慰，因为如果我先把男人研究女人的书读一遍，再把女人研究男人的书翻一遍，那么还没等我开始动笔，一百年才开一次花的龙舌兰都已经开败两遍了。罢了，我随手挑选了十来本书，把写好书名的借阅卡放在托盘里，让工作人员用牵引绳拉走托盘，接着回到我的位置，和其他寻找真理之核的人一起开始了漫长的等待。

我百思不得其解，究竟是什么原因造就了如此令人诧异的巨大差异？脑子不停地转着，手也没闲着，在纸上画起了圈圈，不过这图书馆花英国纳税人的钱买的纸张应该不是让我乱写乱画的。根据这张目录来看，为什么男人对女人的兴趣远远大于女人对男人的兴趣？真是让人摸不着头脑，于是我又开始胡思乱想，在脑海里拼凑起那些一辈子都在研究女性并著书立说的男人的模样。他们已经白发苍苍，还是意气风发；已经娶妻生子，还是孑

1　M代表male（男性）。

然一身；长没长酒糟鼻，驼不驼背——不管怎样，只要这些男人不全是老弱病残，能成为他们关注的焦点，我心里还是有那么一点莫名的开心。——正当我在自己的世界里不能自拔时，一大摞书哗地一下倾倒在我身前的桌子上。于是麻烦也接踵而至。在牛桥大学经受过科学研究方法训练的大学生，在做题时无疑懂得如何避开干扰项，快速而准确地找到答案，就像聪明的牧羊人知道如何躲避外界的滋扰将他的羊顺利地引到羊圈里。我隔壁桌的这位学生就是一个很好的例子，他正兢兢业业地抄录着一本科学指南，我敢肯定，他每隔十分钟就能从知识的矿藏里淘到一块纯正的金子，因为他喉咙里不时发出的满意的咕哝声便是证明。可是，如果不幸没有受到大学的正规教育，那么解决问题的过程就不是让羊儿乖乖入圈如此轻松了，而是像受到惊吓的羊群被一大群猎狗冲得七零八落，追得东跑西窜。教授、校长、社会学家、牧师、小说家、散文家、记者，还有无过人之处的男人，他们一拥而上，对我这个简简单单的问题穷追不舍——为何有些女人贫困不堪——这一个问题被冲散成五十个问题，直到这五十个问题像五十只仓皇失措的小羊，狂乱之中纷纷跳进河中央，被激流冲得不见踪影。我在笔记本上的每一页都潦草地写了很多笔记，为了展示一下我当时的想法，我会从中节选一部分念给你们听。先解释一下，这一页的标题很简单，是用大写字母写的：女性与贫穷。但接下来的内容是：

中世纪女性的情况

斐济岛女性的风俗

被当作女神崇拜

女性的道德意识较弱

女性的理想主义

女性的责任心更强

南太平洋诸岛，女性的青春期

女性的魅力

作为献祭品的女性

女性的脑容量小

女性深层次的潜意识

女性的体毛更少

女性在智力上、道德上和体力上不如男性

女性爱孩子

女性更长寿

女性的肌肉不够发达

女性的情感强烈

女性的虚荣心

女性受高等教育的情况

莎士比亚对女性的观点

伯肯赫德爵士[1]对女性的观点

英奇教长[2]对女性的观点

拉布吕耶尔[3]对女性的观点

约翰逊博士[4]对女性的观点

奥斯卡·布朗宁先生[5]对女性的观点

…………

读到这里，我深吸一口气，在该页的边栏里添加了一个问题：为何塞缪尔·巴特勒认为“明智的男人绝口不提他们对女人的看法”？很明显，聪明的男人对其他的话题也讳莫如深。但是，我慢慢靠向椅背继续思索着，又抬起头看着巨大的穹顶，原本单纯的念头现在变成了一团乱麻，很遗憾，聪明的男人对女人的看法向来不一致。以下是蒲柏[6]的诗句：

女人大多没有个性。

1 伯肯赫德第一伯爵（1872—1930），保守党政客、律师。曾反对妇女选举权的通过。

2 威廉·拉尔夫·英奇（1860—1954），曾任圣保罗大教堂院长。他反对通过妇女选举权，反对女性更普遍地参与政治。

3 让·德·拉布吕耶尔（1645—1696），法国哲学家、散文家。

4 塞缪尔·约翰逊（1709—1784），英国作家、文学评论家和诗人，著有《英语大辞典》。

5 奥斯卡·布朗宁（1835—1923），英国作家、历史学家，教育改革的倡导者，剑桥大学培训学院的创始人之一。

6 蒲柏（1688—1744），诗人和讽刺作家，以其讽刺史诗《夺发记》而闻名。

而拉布吕耶尔却说：

> 女人两极分化严重，要么比男人强，要么比男人弱。

蒲柏和拉布吕耶尔处于同一时代，并且都具有敏锐的洞察力，两者关于女性的观点却截然不同。女性有接受教育的能力吗？拿破仑[1]认为她们没有，而约翰逊博士则持相反意见[2]。女性有没有灵魂？有些野蛮人说她们没有，有的反倒坚持认为女性具有神性，并因此成为她们的崇拜者[3]。有些智者坚称女人思维简单、见识浅薄，而有些则坚信女性的感知力更深刻。歌德[4]尊重女性，而墨索里尼[5]蔑视女性。环顾四周会发现，男人无时无刻不在想着女人，但他们众说纷纭，各执己见。我觉得，要从中理出一个头绪来是不太可能了。我偷偷瞥见隔壁桌的那位同学正工工整整地做着摘录，每一条都用A、B、C标注清楚，我不禁心生嫉妒。

---

1 1804年制定的《拿破仑法典》限制了妇女的权利。

2 “‘男人们晓得在两性关系中，女人更胜一筹，因此他们在婚姻里只挑选最弱小的和最无知的女人。如果他们放弃这种观念，就不必担心女人懂得跟他们一样多了。’……在两性问题上为了以示公允，我认为应该坦率地说明这点，约翰逊博士在随后的谈话中告诉我，以上言论皆为肺腑之言。”（鲍斯威尔《赫布里底群岛旅行日记》）——原注

3 “古代日耳曼人相信女人有神性，因此将她们奉为大祭司，遇到事就会请教她们。”（弗雷泽《金枝》）——原注

4 歌德的《浮士德》的最后一句话：“不朽的女性吸引着我们上升。”

5 他的政策基于严格划分的性别角色：“战争对男人来说就像母性对女人一样。”1927年，他发起了“生育之战”。

再瞅瞅自己的笔记本，如涂鸦一般潦草地写着自相矛盾的只言片语，真叫人又懊恼又迷茫，面子也丢了。真理如流水般从我的指间溜走，一滴不剩。

我思来想去，不甘心就这么灰溜溜地回去。我总不能拿诸如“女性的体毛比男性少，或南太平洋岛上的女性来例假的时间是九岁还是九十岁”这样的结论——我的字迹已经难以辨认了——来充当“女性与小说”这一研究的重大成就。今天我在这里忙活了整整一上午，没有得出任何有价值的、像样的观点，这可真是丢人。既然我无法解决W过去的问题（为了节省时间，我用W指代女性），又何必为W的未来而操心呢？如此一来，向这些绅士讨教纯粹是浪费时间，真后悔把他们的书借来看，即便他们人数众多，学识广博，专门研究女性问题，以及女性在社会各个方面的影响——政治、子女、薪酬、道德。

我越想越沮丧，越想越失落。就在我意志消沉的时候，手下无意识地画了一幅画，只是画画的地方本该像隔壁学生那样写上我的研究结论。我画的是一张脸和一个人的轮廓。这张脸和轮廓的主人是冯·X教授，画中，他正专心致志地创作着他的旷世之作《论女性智力、品行及生理的低劣》。在这幅画中，他样子一点儿也不招女人喜欢。他体形肥硕，下巴宽厚，使得本来就小的眼睛被反衬得更小了。从涨得通红的脸和脸上的表情来看，他正处在一种非常激愤的情绪下奋笔疾书。他用手中的笔猛戳稿纸，仿佛纸上有一只毒虫，即便虫子被一笔一笔杀死，也不足以平息他的怒火，他还要不停地杀戮下去。他如此怒不可遏、烦躁不安，背后一定是有什么原因。我看着这幅画，暗自揣测，问题会不会出在他妻子身上？她该不会是被一位骑兵军官迷住了？这位骑兵军官肯定着一身毛皮戎装，身材挺拔，风度翩翩。或者根据弗洛伊德的心理学理论，当冯·X教授还是个婴儿躺在摇篮里时，就被一个漂亮的小姑娘讥笑过，因为我猜这位大名鼎鼎的教授肯定从小就其貌不扬，不招人待见。不管出于何种原因，著书立说来证明女人在心智、品行和生理上低劣的冯·X教授，在我寥寥几笔的勾勒下看起来愤怒无比，奇丑无比。做了一上午的无用功，我只能用画画这种无聊的方式来打发最后的时间。然而，就在人们消磨闲散时光、浮想联翩的时候，潜藏着的真理有时就会浮出水面。根据一项还称不上心理分析的心理学基本训练，我发现笔记本上的冯·X教授之所以如此愤怒，是因为我当时在画他时正处于盛怒之中。当我神情恍惚之时，怒火吞噬了我手中的笔。但这怒火从何而来？好奇、困惑、开心、厌烦——今天上午陆续产生的所有这些情绪，我都能一一辨认并且追根溯源。难道愤怒像一条狡猾的黑蛇，蛰伏在其间？是的，这画不言自明，它的确隐藏在诸多情绪之间。没错，引出我心中恶魔的就是那本书、那句话，就是冯·X教授关于女性在心智、品行和生理上比男性低劣的谬论。我气得心率骤增，面颊滚烫，耳根发红。我这个样子虽然看起来非常傻，但也不值得大惊小怪的，谁都不愿被认为天生就比毛头小子低贱——我转头看了看邻座的学生——他脖子上系着预制领带，喘着粗气，胡子拉碴，估计得有半个月没刮了。每个人都有些许愚蠢的虚荣心，这只是人性使然罢了。我一面自我安慰，一面在这位教授怒气冲冲的脸上画圆圈，直到他看上去像一簇被点燃的灌木丛或者燃烧着的彗星尾巴——总之，变成了没有任何人类特征的魔鬼，一把在汉普斯特德荒野的高地上幽幽暗燃的磷骨。我的怒火找到了源头，因此发作完很快就消气了。但疑问仍未消除，这些教授的怒气从何而来，又因何而起呢？只要对这些著作给人留下的印象稍作分析，就能发现，它们总能激起人心中的强烈情绪。这些情绪多种多样：或嘲讽，或感伤，或好奇，或斥责。但常常还有另一种难以察觉的情绪存在，我称其为愤怒。只是愤怒往往会隐藏在内心深处，与所有其他的情绪混杂在一起，从它所引发的反常效应来判断，这种愤怒经过了伪装，复杂而隐蔽，不像在平日我们一眼就能看得出来。

不管怎么样，桌子上这些堆积如山的论著对我想实现的目标而言，毫无助益。虽然这些书充满了人文关怀，把有趣的和无聊的混为一谈，还涉猎斐济岛居民的奇特民俗，但却毫无科学价值。作者在创作的过程中，感性地宣泄着强烈的情绪，而非理性地追寻真理。因此，现在必须把这些书归还到服务总台，然后一一安放在书架上的小隔间里，犹如蜜蜂返回巨大蜂房的巢室里。经过了一上午的工作，我唯一的收获仅仅是识别到这种愤怒情绪。教授们——我把他们归并到一起——非常愤怒。我把书还了之后，不禁扪心自问：他们为什么如此愤怒？我站在博物馆外的石柱廊下，头顶上方是刻有史前独木舟的浮雕。一群鸽子围了上来，我重复着：他们为什么如此愤怒？一边思考着这个问题，一边漫无目的地行走着去找个吃午饭的地方。而此刻我称之为愤怒的情绪，其本质又是什么？我在大英博物馆附近找了家小餐馆，看来这个谜题得一直伴随着我直到把午饭吃完。上一位食客把一份午间版晚报遗留在椅子上，于是我在等菜的间隙拿了过来，开始漫不经心地浏览报纸的头条新闻。一排十分醒目的加粗大字横跨整个版面：某个人物在南非大获成功。其他的标题字体就小了很多：奥斯丁·张伯伦爵士在日内瓦访问；地窖里惊现一把沾有人类毛发的切肉刀；某位大法官在离婚审判庭上就女性如何缺乏羞耻之心发表评论。还有其他很多小道新闻插排在报纸的边边角角：一位女电影演员被人从加利福尼亚的某个山顶上吊下来，悬挂在半山腰；近几日将会是大雾天气。我觉得，即便是一位来去匆匆的天外访客捡起这张报纸，透过这些零散的报道，也不可能意识不到如今的英国正处在男权的统治之下。任何一个神志清醒的人都不可能觉察不到那位教授的霸道和高高在上。他的统治地位体现在拥有权力、金钱和影响力上。他既是这份报纸的所有人，也担任主编和副主编。他既是外交大臣，也是大法官。

他既是板球运动员，也玩赛马和游艇。他是公司的大董事，能让股东们赚到百分之二百的利润。他把百万英镑捐赠给了自己管理的各个慈善机构和学校。他把女影星吊在了半空中。由他来决断切肉刀上的毛发是否属于人类。只有他有权给犯罪嫌疑人定罪，决定是施以绞刑，还是当庭释放。除了天气无法控制，其他一切都尽在他的掌握之中。但他依然愤怒，而且我可以感觉到他的愤怒。在我阅读他写的关于女性问题的文章时，我关注的不是他的文字，而是他这个人本身。如果一个论证者在论证过程中自始至终保持冷静，他就只会一心思考如何证明自己的论点，而读者也会不由自主地将注意力放在他的论点上。相应地，如果这位教授平心静气地讨论女性问题，用毋庸置疑的证据来证明自己的观点，没有明显添加个人的主观意志，让人觉得他故意要得到这一种结论，而非另一种，我自然也不会动怒。我会欣然接受这个事实，就像接受青豌豆是绿色的、金丝雀是金色的一样。我就会承认，确实是这样。然而，我之所以会愤怒，正是因为他在发怒。我一边翻着晚报一边思忖，这位手握大权的权贵居然会动怒，未免有些荒诞可笑。我想，从某种程度上说，怒火成了依附于权力的奴隶，两者如影随形。举个例子，富人之所以常常发怒，是因为他们总是疑心穷人会夺走自己的财富。教授们，或者更准确地称之为父权主义者们，之所以时常满怀愤恨，多半是因为他们也怕自己的财产被人抢走，还有一部分更深层次的原因隐藏在不太明显的地方。兴许他们压根儿一点儿也不愤怒。很可能在私人生活中，他们对女性是无比地仰慕、忠诚，甚至不惜溢美之词，堪称典范。很可能当这位教授过分强调女性低劣的过程中，其关注点并非在于女性的低劣，而在于自身的优越。这才是他过于关心、火急火燎地想保护的东西，并视其为无价之宝。生活，对这些男男女女而言——我看着他们摩肩接踵，在人行道上奔走着——同样艰辛，同样困苦，都是一场永无止境的奋斗。若想生活下去，需要巨大的勇气和力量。更何况，我们容易痴迷于幻想，所以最需要的是相信自己。如果失去了自信，我们就会像襁褓里的婴儿，弱小又无助。那么，我们如何能以最快的速度培养出这种虽难以把握却弥足珍贵的品格呢？那就是，时刻想着其他人都比不上自己。设想自己天生就具备某些优越之处——或是拥有万贯家财，或是出身名门世家，或长个笔挺的高鼻梁，或者收藏一幅罗姆尼[1]为其祖父画的肖像画——好在人类的想象力无边无际——总能想出各种拙劣的手段来激发自己的优越感。因此，对一个打算要征服和统治世界的父权主义者而言，人类的一半人口都天生比他低贱，这一观点具有非凡的重要性，也一定是他权力的主要来源之一。不过，我认为应该将刚才的发现应用到现实生活中，看看能否有助于解释我们日常生活中遇到的一些心

1 乔治·罗姆尼（1734—1802），英国画家，以肖像画闻名。

理困惑，能否解释那天我为何如此诧异。事情是这样的，Z先生是我见过最高尚、最温文尔雅的谦谦君子。有一天，他翻开丽贝卡·韦斯特[1]写的一本书，读了其中一段文字后，突然惊声呼喊："这位可恶的彻头彻尾的女权主义者[2]！她居然说男人都是势利眼！"这声惊呼令我倍感诧异——韦斯特小姐只不过对另一个性别做了或许不太礼貌但有可能正确的判断，何以被称为一名可恶的彻头彻尾的女权主义者？这句惊呼不仅是他为自己受伤的虚荣心所发出的哀号，也是他为自己受到侵犯的自尊心所做出的抗议。千百年来，女性一直被当作一面能满足男人欲望的魔镜，男人只要在镜子前面照上一照，就能看到两倍于真实自己的高大形象。倘若这种魔力消失了，那么这个世界极有可能仍处于沼泽遍地、密林丛生的蒙昧时代，人类历史上一切辉煌的战争便不会发生。人们恐怕还在羊的骨骸上刻画鹿的轮廓，用打火石交换羊皮，或换任何符合原始人朴素品位的简单饰物。超人与命运之神也从未出现。沙皇和恺撒大帝既不曾加冕成王，也不曾丢掉皇冠。先不管这面魔镜在文明社会有什么功用，至少对于一切暴力

1　丽贝卡·韦斯特（1892—1983），女性主义小说家、记者。在《秋天与弗吉尼亚·伍尔夫》一文中，她将《一间自己的房间》描述为"一部毫不妥协的女权主义宣传作品，是迄今为止最有能量的作品"。

2　Z先生指的是德斯蒙德·麦卡锡，伍尔夫在她的日记中记录了麦卡锡看到韦斯特的反应："我很开心地发现，当丽贝卡·韦斯特说'男人都是势利小人'时，她立刻从德斯蒙德身上跳了起来。因此，我用一句关于女性小说家在生活和文学中的'局限性'的话，居高临下地反驳他。"

行为和尚武精神是功不可没的。因此，这就是为何拿破仑和墨索里尼坚持不懈地贬低女性，没有低贱女性的衬托，何来他们的高大伟岸？这在一定程度上解释了女人之于男人的必要性，同时也解释了当遭到女人的批评和责难时，男人是多么地急躁不安。同样的评价，譬如一本书写得很差，或一幅画的笔锋无力，若出自女人之口，要比出自男人之口更令人痛苦和愤怒。因为，当女人开始说实话时，魔镜中的男人形象就会缩小，他对生活的把控能力也逐渐变弱。除非他每天至少照两次魔镜，欣赏自己加倍放大的伟岸身躯，否则他还怎么能继续宣布判决、开化民智、制定法律、著书立说、盛装打扮后到晚宴上高谈阔论？我这么思忖着，手里也没停着，一会儿把面包捏得稀碎，一会儿搅动杯中的咖啡，又不时地抬头望向街道上的行人。镜中的幻象之所以如此重要，正是因为它能让男人充满活力、精神兴奋。倘若将魔镜拿走，男人恐怕将命不久矣，如同被夺走了可卡因的瘾君子。我看着窗外，不禁想到，这来来往往的行人中，竟然有半数都被这幻象所驱使，阔步走在上班的路上。清晨，他们沐浴着和煦的晨光，在魔镜前穿戴齐整，信心满满、精神抖擞地开始了新的一天，他们坚信自己将会在史密斯小姐的茶餐会上大受追捧。当他们迈入史密斯小姐的客厅时，还不忘对自己说，我比这里的一半人都优秀。正因如此，他们与别人交谈起来才显得自信非凡，胸有成竹，这种现象对公众生活产生了深远的影响，也给个人留下了难以名状的印象。

但是，男性的心理是一个既危险又诱人的话题，我对其所做的思考——我希望，当你们自己每年拥有五百英镑的收入后，再去细细斟酌吧——因要付午餐的账单而不得不中断了。我总共消费了五先令九便士。我递给服务生一张十先令的钞票，他便回去给我找零了。接着，我突然发现钱包里居然还有一张十先令的票子，一想到我的钱包能自动生钱，就激动到无法呼吸。只要一打开它，就有纸币可以拿。社会为我提供食物和咖啡，床褥和寓所，而我只需拿出几张纸币作为交换。对了，这些钞票是我的一位姑妈留给我的，只因我们的姓氏相同，别无其他。

你们当知悉，我的姑妈玛丽·贝顿死于一场意外。她在孟买居住时，有一天骑着马外出透气，不慎从马背上跌落坠亡。在我得知分到这笔遗产的同一天晚上，国会刚好通过了妇女选举法案。一封律师函投进了我的信箱，当我读完信件时，发现姑妈已经决定留给我一笔遗产，于是从此之后，我每年都能得到五百英镑。倘若让我从这两者之间进行权衡——选举权和遗产——属于自己的财产似乎更为重要。在此之前，我靠在报社打打零工来维持生计，比如揭露一下某地的色情表演，或报道一下另一地的婚礼现场。此外，我还通过替别人在信封上填写地址、给老妇人读报念书、制作假花、教幼儿园的孩子背字母表，赚几个辛苦钱。这些就是1918年之前，女性可以从事的主要职业。恐怕不需要我过多地去描述这些工作有多么艰辛，因为你们的熟人中一定有做过类似工作的女性；更不需要我过多地去描述用靠打工赚来的钱精打细算地过活是多么拮据，想必你们早就有切身体会了。然而，比起这些苦难，之前的岁月所带给我的恐惧和酸楚，如同埋进身体里的毒素时刻侵扰着我的神经，令我心灵上备受折磨。因为，首先，我永远都在做自己不愿意做的事情，还要像个卑微的奴才去奉承和谄媚。也许不必总是阿谀奉承、看人眼色，但如果不这样，将会付出巨大的代价，所以我根本不敢任性冒这个风险。其次，想到了我的那份才华正在枯竭，我便如行尸走肉一般——虽然这点小天赋没有什么了不起，但对于我个人而言却弥足珍贵——随之消亡的还有我的身体和灵魂——所有这些感受像铁锈一样腐蚀着我的躯壳，又将我的内心包裹得严严实实，仿佛春花凋零、树心朽烂。不过，如上文提到的，后来我的姑妈去世了，每当我破开一张十先令的纸币，身上的铁锈就会褪去一层，内心的恐惧和酸楚就会消散一些。我一边思索着，一边把找回的零钱丢进钱包里。对比过去所经受的辛酸苦楚，我不禁感叹，一笔稳定的收入竟能让人的性情发生如此巨大的转变，这的确意义非凡。世间没有任何力量能夺走我那五百英镑，我的食物、房子和衣物也将永远属于我自己。故此，肉体将不再辛苦与操劳，心中将不再愤恨与怨怼。仇恨男人？没有必要，因为他们再也伤害不到我。取悦男人？也没有必要，因为我不需要他们的任何东西。所以不知不觉中，我发现自己对男性有了全新的认识。将任何阶层、任何性别的人看作一个整体去谴责，都是十分荒谬的，因为一个群体从不会为自己的所作所为负责，他们的行为受到本能的驱使，无法自控。和我一样，那些父权主义者和教授同样苦于应付无穷无尽的麻烦，克服自身致命的缺点。他们所受到的教育从某些方面而言也不完善，这导致他们产生严重的人格缺陷。不错，他们确实手握财富和权力，但作为代价，不得不让凶狠的鹰鹫住进自己的心房，撕咬着自己的心肝[1]，啄食着自己的肺腑，无休无止——本能的占有欲和狂暴的抢夺欲，驱使着他们不停地觊觎他人的领土与财产，去开拓疆域、攻城略地、制造战舰、研发毒气，乃至牺牲自己和子子孙孙的性命。我刚刚穿过的海军拱门[2]（我已经来到了纪念碑前），或任何一条被战利品和大炮所侵占的林荫道，都令我不禁想起曾在那里举办庆典的辉煌场面。看到股票经纪人和法律顾问们将明媚的春光抛在身后，步履匆匆地走进办公大楼，忙着赚钱，挣根本赚不完的钱。但实际上，一年只需五百英镑就能在阳光下享受生活了。我认为，心怀这些贪欲会令人生厌，它们由某种生活环境孕育而出，是蒙昧时期的产

1　普罗米修斯被拴在一块石头上，一只老鹰撕破了他的肝脏，作为对他偷火违抗宙斯的惩罚。

2　海军拱门坐落于特拉法尔加广场的西南角，在通往购物中心的入口处，是爱德华七世国王为了纪念他的母亲维多利亚女王而修建的。

物。我边想，眼神边瞟向剑桥公爵的雕像[1]，准确地说，是他三角帽上的几根羽毛，这几根羽毛大概有史以来从未如此被关注过。当我发现他们的这些缺陷后，我之前内心的恐惧和酸楚便逐渐转化成对他们的怜悯和宽容。再过个一两年，这种怜悯和宽容也会完全消失，取而代之的是彻底的释怀。我终于可以不带任何偏见、随心所欲地去看待万事万物了。譬如，眼前的这栋建筑，我喜欢与否？那幅画，好看与否？这本书，在我看来，写得是好是坏？说实话，是姑妈的这笔遗产帮我拨云见日，我的视线不再局限于弥尔顿推荐我去永生景仰的、高大又威严的绅士身上，而转向更广阔的天空。

就在我不停地揣摩之际，发现自己已经走在回家的路上，我的住所在河岸边。天色渐暗，家家户户开始点亮灯火，此时的伦敦城与清晨相比发生了难以言喻的变化。这座城市如同一台巨大的织布机，在市民的协助下，经过一天的运作后，终于织出来几码布匹，美得摄人心魄——它在烈焰中熊熊燃烧着，一双通红的眼睛不时闪现其中，眼睛的主人是一头黄褐色花纹的怪兽，一边咆哮着，一边喷出一股股热气。就连此时的风也像一面猎猎作响的旗，不断抽打着房子，把围栏吹得嘎嘎作响。

而在我居住的小巷子里，却是一派祥和的家庭生活氛围。

1　这尊剑桥公爵乔治王子骑马的雕像位于白厅。

粉刷匠正从屋顶顺着梯子爬下来，保姆小心翼翼地晃动着婴儿车，打算一会儿去准备育儿餐。运煤工正把空麻袋叠放整齐。戴着红手套的菜店老板娘正核算着今天的进项。我太过投入地思考着你们交代给我的问题，竟把眼前这些寻常的生活场景也与这个问题联系起来，于是我又陷入了沉思。与一百年前相比，如今更难说清楚以上这些职业究竟哪个更高贵、更有必要。做个运煤工好呢，还是当保姆好？是否可以这样判断，与一个赚了十万英镑的高级律师相比，一位抚养了八个孩子的女佣对这个世界的贡献就微不足道？这些问题其实毫无价值，因为没有人能回答得上来。女佣的价值与律师的价值，孰大孰小？不同的年代有不同的评判，其实我们到现在都没有形成一个准确的衡量标准。这样看来，要求那位教授提供这样或那样的"铁证"，来证明他关于女性的各种观点，我倒是真犯糊涂了。即便眼下能对每一种生存技能做出价值判断，但价值的评判尺度仍在变化着，因此百年之后，很可能将发生翻天覆地的变化。同样地，一个世纪以后，女性将不再是受保护的那个性别。我边想边走到了自己家门口。照这样推理下去，到了那个时候，女性将参与到所有的活动和劳作中，而这在过去是不敢想象的。比如，保姆能去铲煤，老板娘能开车。所有基于女性应受保护这一事实的假设都将土崩瓦解——就像，我们通常会说（这时一队士兵齐步走过街头）女人、牧师和花匠的寿命要比其他人长。如果取消对女性的保护，让她们从事和男人一样的工作和苦力，成为士兵、水手、司机及码头工人，女人岂不是比男人死得更早、更快。到那时，当人们看到一个女人从面前走过时，肯定会惊奇地大呼小叫，就如同过去看见一架飞机从天空划过那样惊诧。一旦女性不再受到保护，任何事情都有可能发生，想到这里，我打开了房门。可这些对我要探讨的主题“女性与小说”又有什么影响呢？我一边自问，一边走进屋内。

第三章

傍晚才回到家里，花了一整天的时间也没有带回任何的重要结论和真知灼见，我心里沮丧万分。女人比男人贫穷是因为——这样或那样的原因。现在，或许我应该先告一段落，暂时停止寻找真理。因为之前所接收到的五花八门的观点正如雪山崩塌般涌进我的脑袋里，此刻我的脑浆如熔岩般滚烫，如刷锅水般浑浊。我最好把窗帘拉上，将分心的事物隔在窗外，然后打开一盏灯，缩小问题的思考范围，转而求助于历史学家，因为他们记录的是客观史实而非主观见解。之后，再去描述一下女性的生存境遇，倒不用关注整个历史长河中的所有女性，只选取英国的伊丽莎白时代即可。

之所以选择这个时代，是因为长久以来始终有个问题困扰着我：在这个文学全盛时期，为何几乎每个男人都能谱写出一首歌谣，或是创作出一首十四行诗来，却没有一个女人曾留下只言片语[1]？我扪心自问，当时的女性究竟生活在什么样的环境中？虽然小说是想象力的产物，但它不是无源之水或从天而降的陨石，后者属于科学研究的范畴；小说像一张蜘蛛网，看似轻飘飘地挂在空中，它的四个角实则牢牢地嵌在现实生活中，只是这种粘连往往不易察觉。举个例子，莎士比亚的戏剧看起来高高在上，自成一家，可当我们用力拉扯这张网，蛛丝从中间裂开时，才会发现，它并非由一群仙子在半空中编织而成，而是出自受苦受难的人民之手。其小说与物质生活息息相关，比如身体、财产及我们居住的房屋。

于是，我走到书架前，从一堆刚出版的历史书中取下一本最新的，特立威廉教授所著的《英国史》。我再次检索“女性”这一词条，找到“女性地位”这一项，然后翻到相应的页面。“殴打妻子，”我读道，“是男人天经地义的权利，不论贵族还是百姓，行使起这项权利来都不以为耻，同理……”这位历史学家继续写道，“女儿胆敢违抗父母之命、媒妁之言，则会遭到囚禁和毒打，而公众对此却无动于衷。婚姻不是双方爱情的结合，而是家族敛财的手段，尤其是具有‘骑士风度’的上层贵族……甚至当婚姻的一方或双方还在襁褓之中，家长就定下了娃娃亲，还未完全脱离保姆的照料，就被送到了婚礼的殿堂。”那是1470年前

1　最近的学术研究让我们对伊丽莎白时代和雅各布时代英国女性的写作范围有了更广泛的了解。像艾米莉亚·兰耶、安妮·克利福德、玛丽·罗斯和埃莉诺·戴维斯这样的女性，已经开始创作宗教文本、诗歌、信件、日记和戏剧，尽管其中许多作品在当时尚未出版或未被承认。

后，乔叟的时代刚过去不久。书中再次提到女性地位问题是二百年后的斯图亚特王朝时期。“在这一时期，中上层阶级的女性依然没有自由选择配偶的权利。一旦嫁给事先指定好的对象，她的丈夫便成了她的老爷、她的主人，至少法律和习俗是这样规定的。但即便是这样，”特立威廉教授总结道，“不论是莎士比亚作品中的女性，还是17世纪回忆录中的真实女性，例如弗尼与哈钦森的家族回忆录[1]，似乎都不乏个性和品格。”当然，如果我们仔细想想，克莉奥帕特拉必有自己的一套处事原则，麦克白夫人也被认为具有自己的行为意志，我们还能断定，罗莎琳德[2]是位有魅力的女孩。特立威廉教授的确所言不虚，莎士比亚笔下的女性不乏特立独行的个性和品格。我并不是位历史学家，所以我把视线延展到文学领域。有史以来，所有诗人笔下的女性犹如海上灯塔，光辉耀眼——而剧作家笔下的女性则有：克吕泰莫斯特拉[3]、安提戈涅、克莉奥帕特拉、麦克白夫人、费德拉[4]、克瑞西达[5]、罗

1　分别指的是弗朗西斯·帕台诺普与弗尼夫人一起编辑的《十七世纪弗尼家族回忆录（1892—1899）》和露西·哈钦森为她清教徒丈夫而写的《哈钦森上校的生平回忆录》。

2　罗莎琳德是莎士比亚的《皆大欢喜》中的主人公。她在被流放出宫廷后伪装成一个男人。

3　希腊传说中是阿伽门农的妻子。在埃斯库罗斯的《俄瑞斯忒亚》中，她谋杀了她的丈夫。

4　指让·拉辛（1639—1699）的悲剧《费德拉》。费德拉同时也是欧里庇得斯的作品《希波吕托斯》和塞内卡的作品《费德拉》中的描写对象。

5　中世纪和文艺复兴时期有关特洛伊战争中的一个人物。她向特洛伊卢斯表白，但后来与狄俄墨德一起背叛了特洛伊卢斯。

莎琳德、苔丝狄蒙娜以及马尔菲公爵夫人[1]；在散文家笔下有：米拉芒特[2]、克拉丽莎[3]、贝基·夏普[4]、安娜·卡列尼娜、爱玛·包法利和盖尔芒特夫人[5]——这一连串的名字蜂拥而至，没有人会觉得女性“缺乏个性和品格”。说真的，假如女性只存活在男人写的小说里，一定会被看作至关重要的人物。她们的形象千变万化，有的仗义行侠，有的吝啬小气；有的光明坦荡，有的卑鄙无耻；有的明艳照人，有的丑陋无比；有的可与男子比肩，有的甚至比男子更伟大[6]。但上述这些女性形象只出现在虚构作品中，而在现实世界中，正如特立威廉教授在书中所描述的那样，她们被囚禁

1　约翰·韦伯斯特的悲剧女主角。

2　威廉·康格里夫的喜剧《世界之路》中的一个核心人物。她爱上了米拉贝尔，但她的姑姑维什福德夫人试图阻止这场婚姻。

3　塞缪尔·理查森的小说《克拉丽莎：一位年轻女士的历史》中的女主人公。伍尔夫在自己的小说《达洛维夫人》中也用这个名字来命名她的女主人公。

4　威廉·萨克雷的《名利场》中的流浪汉式女主人公。

5　马塞尔·普鲁斯特的《追寻逝去的时光》中的贵族角色。

6　“这仍然是一个奇怪且几乎无法解释的事实，在雅典城邦里，女性像东方女子一样受压迫，被当作奴婢和苦役。但舞台上却诞生了像克吕泰涅斯特拉和卡桑德拉、阿托萨和安提戈涅、斐德雷和美狄亚这样的人物，以及其他的女主人公。所有这些人物都是‘厌女主义者’欧里庇得斯所创作的戏剧中的女主角。世界上有很多自相矛盾的事情，例如在现实生活中，一个受人尊敬的女人很少独自上街，抛头露面。而在舞台上，女人却可以与男人平起平坐，甚至超过男人，这一悖论从未得到过令人满意的解释。在现代悲剧中，女性角色同样占主导地位。无论如何，对莎士比亚作品进行简单的考察后（与韦伯斯特相似，但与马洛或约翰逊博士不同），可以发现，从罗莎琳德到麦克白夫人，女性始终占据着主导地位，发挥着主动权。拉辛也是如此，他的六部悲剧都以女主人公的名字命名，她们分别是：赫尔弥俄涅和安德洛马克、贝丽妮斯、罗克珊、费德拉和阿萨莉，拉辛笔下的哪个男性角色能与这些女主人公媲美呢？易卜生也是如此，我们能找出哪个男主人公与索尔维格、诺拉、海达、希尔达·旺格尔和丽贝卡·韦斯特相提并论呢？”（F. L. 卢卡斯《论悲剧》）——原注

在房间里，遭受着非人的折磨。

于是，一个非常奇特而矛盾的女性形象诞生了。在虚构的世界里，她高贵如天上的云霞，而在世俗的世界里，却低贱如地上的尘土。诗集中，她的身影无处不在，史卷里，她的足迹却无处可寻。小说中，她能让所有的帝王和征服者都拜倒在她的石榴裙下，但事实上，一旦男方父母强行在她的手指套上婚戒，便成了童养媳，须终身伺候她的小丈夫。文学作品中，最动听的言辞、最深刻的思想常常出自女人之口，而现实生活里，她几乎目不识丁，沦为其丈夫的附属品。

读完史书，再读诗歌，脑子里会拼凑出一个无比奇特的怪物——一只蠕虫长出了老鹰的翅膀，或是象征着力与美的仙子在厨房里切肥油。然而，人们头脑中的这些有趣的怪物，在真实世界中并不存在。若想赋予它以生命，想象力要恰到好处，不能过于天马行空，也不能太干瘪乏味，否则就无法令人信服——比如说，有这么一位马丁太太，三十六岁，穿着蓝色的裙子，戴着黑色的帽子，踩着棕色的鞋子。同时，还要在她的形象中加入虚构的成分——她具备所有催人奋发的精神和无穷无尽的力量。但当我试着将这个方法套用在伊丽莎白时期的女性身上时，却发现行不通。由于史实的极度匮乏，我找不到任何与之相关的、确凿又翔实的细节，历史书几乎将她们遗忘了。于是，我不得不再次翻开特立威廉教授的历史书，看看历史对他而言到底意味着什么。

在浏览了各章标题后，我发现如下答案：

“采邑制与敞田耕种法……西多会教派与牧羊业……十字军东征……大学……下议院……百年战争……玫瑰战争……文艺复兴时期的学者……修道院的解体……土地冲突与宗教争斗……英国海上力量的崛起……西班牙无敌舰队”，等等。史书里也有一两位女性夹杂其间，比如，某位伊丽莎白或玛丽，某个女王或贵妇。而那些除了个性和品格便一无所有的中产阶级妇女，是绝无可能参与到任何一件重大历史事件当中的。然而却是这些历史事件构成了历史学家的历史观。即便是在奇闻轶事集里，也很难找到女性的踪迹。奥布里[1]在作品中几乎很少提及女性。女人们从未为自己的人生留下只言片语，也不曾写过日记，现今只留存下来几封她们的书信。当然，也找不到她们所写的任何剧作和诗歌以供我们了解和评价。我认为，我们需要的是——为何纽纳姆学院和格顿学院的优秀学生无法提供呢？——大量与女性相关的信息，比如她们通常多大年纪结婚，生养了多少个孩子，住在什么样的房子里，有没有属于自己的房间，是不是自己下厨做饭，有无用人伺候。这些信息肯定就藏在某些地方，或许是在教区记事本里，或许是在家庭账本里。一位伊丽莎白时期的普通女性的人生碎片一定散落在各处，唯愿有人将它们收集起

1　约翰·奥布里（1626—1697），英国文物专家、作家，著有《短暂人生》。

来，积攒成册。我一边漫不经心地在书架上寻找本就不存在的书籍，一边想，虽然我的确觉得，目前的史书看起来多少有些怪异、不切实际，并且有失公允，但我实在不敢建议高等学府的学生们去重写历史。话说回来，他们为何就不能为女性历史增补一个章节呢？倘若可以，那么这章的标题当然不能太引人注目，以免女性在历史舞台上的初次亮相过于唐突。我们常常能在一些大人物的生活中捕捉到她们的身影，只是她们很快就淹没在嘈杂的背景之中了。我有时会想，她们转身躲开，为的是不让人们发现她们狡黠的眼神、会心的笑声，或许是眼角的一滴泪珠。总之，我们对简·奥斯汀的生平已经了如指掌了，并且看起来也没有多大必要再去研究乔安娜·贝利[1]的悲剧对埃德加·爱伦·坡诗歌的影响。就我个人而言，即便玛丽·拉塞尔·米特福德的故居和经常出入之地向公众关闭至少一百年，我也不在意。我又搜寻了一遍书架，继续思量着，令我感到可悲的是，我们对18世纪之前的女性竟知之甚少。我根本找不到一个可以供我参考的对象。我真的想问问，伊丽莎白时期的女性为什么不写诗？我甚至都不了解她们受到的是怎样的教育，是否有人教她们识文断字？是否有自己的起居室？有多少女性在二十一岁之前就已经生儿育女？

1　乔安娜·贝利（1762—1851），苏格兰诗人和剧作家。伍尔夫在《一间自己的房间》的手稿中原本写的是她对沃尔特·司各特的影响，但最后改为对美国诗人和短篇小说作家埃德加·爱伦·坡的影响，可能是因为贝利的哥特式悲剧。

简而言之，她们每天从早上8点到晚上8点这段时间都做了什么？起码可以明确的一点是，她们身无分文。根据特立威廉教授的记载，这些女孩不管情不情愿，在不谙世事的时候，十五六岁，就早早地嫁人了。在这种情况下，如果她们中有一位突然写出了如莎士比亚一样杰出的剧作，那才叫奇怪。我总结完之后，想起一位已经去世的老先生，他过去大概是一位主教，曾断言道，不论是过去、现在还是将来，世界上没有一位女人拥有莎士比亚那样的才华。为了证明自己的观点，他还给各大报社写过文章。他甚至告诉一位曾向他请教的夫人，虽然猫也有灵性，但事实上，这种动物是上不了天堂的。这些老先生为了普罗大众，可真是殚精竭虑啊！他们每前进一步，蒙昧的范围就不知缩小了多少啊！是他们让我们知道，猫是上不了天堂的，女人是写不出莎剧的。

话虽如此，当我凝视着书架上莎士比亚的作品时，内心不得不承认，主教至少在这一点上是对的。那就是，在莎士比亚所处的时代，绝对没有任何一位女性能写出像莎士比亚那样的作品来，没有一丝一毫的可能性。既然找不到真实的历史人物，那么让我来虚构一位吧。假设莎士比亚还有一位同样天资聪慧的妹妹，姑且叫她朱迪丝[1]，我们来看看会发生怎样的故事。莎士比亚的母亲很可能继承了一大笔遗产，所以她有能力把莎士比亚送去

1　朱迪丝·莎士比亚（1585—1662），实际上是威廉·莎士比亚的女儿。在《一间自己的房间》的手稿中，伍尔夫使用了莎士比亚的母亲玛丽·阿登来指代朱迪丝。

文法学校，他在那里学会了拉丁文，接触到奥维德、维吉尔以及贺拉斯的作品，还掌握了基本的语法和逻辑学原理。他那会儿是远近皆知的顽劣少年，曾跑到别人的地里打野兔，还可能射杀过一头鹿。甚至未到结婚的年纪，就早早娶了邻家姑娘，两人成婚不久就迎来自己的孩子。莎士比亚惹出这一系列麻烦之后，不得不动身前往伦敦，寻找发财的机会。在伦敦，他似乎只钟情于演戏，于是，他先在剧院后门帮演员牵马，很快就加入了剧团，成为一名当红的演员。从此，莎士比亚跻身繁华世界的中心，广结朋友，无人不识，无人不晓。上能登台实践自己的戏剧艺术，下能游街串巷磨炼自己的聪明才智，甚至获准进入宫殿，接受女王的召见。与此同时，我们所设想的女主人公，莎士比亚的妹妹朱迪丝，虽然同样天资聪颖，却被困在家中。跟她的哥哥一样，朱迪丝热爱冒险，富有想象力，也渴望出去见见世面。但与她的哥哥情况相反，父母并没有把她送去文法学校学习语法和逻辑，她更没有机会阅读贺拉斯和维吉尔的作品。她闲时偶尔会拿起一本书读读，书或许是她哥哥留下的。可没读几页，她的父母就闯进屋内，吩咐她要么去补袜子，要么去照看炉子上炖的汤，禁止她在书本纸张上浪费时间。虽然他们的言辞激烈，但出发点是好的，因为他们是本分老实的人，知道在现实生活中怎么做能让自己的女儿幸福。他们是爱她的——其实，她倒真是父亲的掌上明珠。说不定，她曾躲在存放苹果的阁楼上，匆匆写下几段文字，然后小心翼翼地保存起来，或者一把火烧掉。时光飞逝，刚长到十几岁，朱迪丝就被父母许配给了隔壁羊毛商的儿子。为此，她向父母哭诉，说自己不同意这门亲事，结果却被父亲痛打一顿。之后，父亲不愿再责骂她，转而恳求她不要伤自己的心，不要在婚姻大事上让他难堪。父亲答应她，只要她同意，会给她买珍珠项链或上好的衬裙，说着说着，眼眶都湿润了。面对这样的情形，做女儿的怎能违抗父亲的意愿？怎能伤他的心？但残存的一丝理智驱使她决定为自己的才华赌上一把，朱迪丝狠下心来，在一个夏夜，收拾好行囊，顺着绳子爬下楼，奔向了伦敦，那时她还不到十七岁。树篱笆上鸣叫的鸟儿都不如她的歌喉婉转动听，和她才华横溢的哥哥一样，朱迪丝精通音律，也同样对戏剧情有独钟。后来，她也站在剧院后门，对那些演员说，她也想演戏，却立马遭到男人的讥笑和嘲讽。剧院经理——一个身材臃肿，口无遮拦的男人——更是狂笑不止。他嘴里乱喊一气，说什么要是女人会演戏，小狗都会跳舞了[1]——他还说，没有哪个女人能成为一名演员。这个经理最后还暗示她——你们都清楚他暗示了什么。朱迪丝无法留在剧院里精进自己的演技，她也不能跑到小酒馆里吃晚饭，更不敢流浪在午夜的街头。不过，好在她还有写小说的天赋，她可以观察伦敦城里这些男男女女的生活，研究他们

1　指塞缪尔·约翰逊所说过的：“先生，对一个女人说教就像让一只狗用后腿走路。女人无法做好；但你会惊讶地发现小狗竟然做到了。”

的行为方式，从中汲取大量的创作素材。最后——由于朱迪丝非常年轻，长得又与诗人莎士比亚有几分相像，灰色的眼珠，弯弯的眉毛——惹得剧院的人事经理尼克·格林[1]对她怜爱有加。后来，却不料怀了那位绅士的孩子。因此——本是一颗诗人的心，却禁锢在一个女人的身体里，谁能想象得出她内心的悲愤与怒火？——在一个寒冬的夜晚，她结束了自己的生命，被随意埋葬在某个十字路口，如今那里是大象堡的公交车站点。

我想，生于莎士比亚那个时代的女性，倘若真具备他那样的才华，其人生轨迹也不过如此吧。从我的角度来说，我赞同之前那位已故主教的说辞，如果他真的做过主教——莎士比亚时代的女性能拥有莎士比亚一般的才情，这是无法想象的事情。原因是，像莎士比亚这样的天才，不会降生于整日劳作、目不识丁的下等人之中，也不会降生在英国的撒克逊人和不列颠人当中，自然也不会降生在现今的工人阶级中间，当然更不会降生于女性之中。因为根据特立威廉教授的记录，本该需要细心照料的小女孩，却不得不在父母的逼迫下开始做活，并且终生受到法律和习俗的约束。当然万事皆有例外，女性群体中一定存在着一些天分很高的人物，工人阶级亦如此。比如，时不时出现一个艾米莉·勃朗特，或者罗伯特·彭斯这样耀眼的作家，证明例外的存

1　这个人物也出现在伍尔夫的《奥兰多》中。

在。只可惜，他们不可能被载入史册。当我读史书时，一读到某个女巫被沉塘，某个女人恶鬼附身，某个聪慧女子识得草药并经营草药生意，甚至某个成功男士的母亲，如果我顺着这个线索继续追踪她们的身世，会发现很可能她们就是被埋没的小说家或怀才不遇的诗人。或许就是另一个沉默不语、羞于见人的简·奥斯汀，或许就是另一个因自己的才华无处释放而被折磨得发狂的艾米莉·勃朗特，在荒野上四处游荡，寻找灵感，在马路上来回溜达，愁眉苦脸。我不妨再大胆猜测一下，那位创作了无数诗篇却没有署名的“无名氏”，很可能就是个女人。我记得爱德华·菲茨杰拉德[1]曾表示，是女性创造出了民歌和民谣，以便她们可以对着孩子柔情哼唱，在浣纱纺线时消磨时光，度过漫漫冬夜。

这个说法可能是真的，也可能是假的——谁能说得清楚呢?——回顾我所编造的关于莎士比亚妹妹的这个故事，我认为有一点是真实可信的，那就是，在16世纪，任何一位才智过人的女子都躲不过悲惨的命运，她们注定会发疯发狂。要么饮弹自尽，要么远离村子找个茅草屋了此残生，要么被当作女巫或术士，引得人们既害怕又唾弃。如果一位天赋极高的女子试着创作诗歌，在外，势必将遭到周围人的百般阻挠；于内，她会被自己的这份才情百般撕扯，饱受折磨。无须动用多少心理学方面的知

1 爱德华·菲茨杰拉德（1809—1883），英国诗人，曾翻译波斯诗人莪默·伽亚谟的《鲁拜集》。

识便可断定，她终将遍体鳞伤，身心俱疲。任何一个女子，从乡下来到伦敦，穿过剧院后门强行走到演员经理的面前，在这一过程中必然会遭受严重的伤害和痛苦，这种经历无法解释——因为贞操或许是某些群体出于某种居心而形成的癖好——也无法避免。时至今日，贞操对一个女性而言，依然具有非常重要的宗教意义。贞洁观已经深入到女人的神经和骨髓，若想摆脱它的束缚，光明正大地生活，需要世间罕有的勇气。对于16世纪的女诗人或剧作家而言，倘若想在伦敦过上自由自在的生活，就必须面临巨大的精神压力和各种生活困境，而这些完全有可能把她逼上绝路。如果她侥幸活了下来，极度紧张的情绪和病态的精神状态，也会让她的文字扭曲变形。我看了看书架，上面没有一部剧作是女性所写，毫无疑问，她是不会署上自己真实姓名的，因为匿名可以保住自己的名节。甚至到了19世纪，贞洁观的余毒依然不散，女性作家仍然不敢以自己的名字发表作品。柯勒·贝尔、乔治·艾略特、乔治·桑[1]，这些女作家用自己的作品证明了，她们都是自己内心斗争的牺牲品。她们徒劳地用男人的名字作为自己的笔名，试图掩盖真实身份，这种行为无疑是向世俗的贞洁观低头，这种习俗即便不是男性制定的，也是他们大力鼓吹的（伯里克利主张，一个女人最大的荣耀便是不被人提及，而他本人倒

1　分别是小说家夏洛蒂·勃朗特（1816—1855）、玛丽·安·埃文斯（1819—1880）和阿尔芒迪娜·吕西·奥罗尔·杜班（1804—1876）的笔名。

是经常被人挂在嘴边）。基于这一观念，女人抛头露面的行为被认为是可耻的，隐姓埋名的习惯已经流淌在她们的血液中，她们依旧离不开那层遮掩自己的面纱。迄今为止，女人仍然不像男人那样刻意关注自己名誉的好坏。比如，当她们经过一处墓碑或路标时，并不会产生想把自己名字刻上去的强烈冲动。而像阿尔夫、伯特或查斯之辈，必然按捺不住体内的动物本能，一看到漂亮女人，甚至一条狗，都禁不住喃喃自语：这条狗是我的[1]。当然，他们想得到的或许不只是条狗，我记起了议会广场、胜利大道[2]及其他林荫道上，他们看中的还可能是一块土地或一个长着黑色鬈发的男子。这么看，身为女人最大的好处就在于，当从一位绝美的黑人女子[3]身旁走过，也不会产生把她的国籍变成英国的念头。

所以说，一位有诗情的女性出生在16世纪，必然是不幸的，她的内心是无比煎熬的。不论内心受到怎样的折磨，在文学创作的过程中，她需要释放出各种不良情绪，才能保持一个良好的精神状态，而女性所遭受的种种境遇，以及作为女人的直觉，都

1 此处的原文是法语：ce chien est à moi，意思是“这是我的狗……这是对整个地球篡夺的开端和画面”，出自布莱斯·帕斯卡的《大地的篡夺》。

2 议会广场位于伦敦议会大厦前，是迪斯雷利和罗伯特·皮尔等人物雕像的所在地；胜利大道位于柏林，两侧排列着数位历史人物的大理石雕像。

3 这一段文字当时引起了很多外界的争议。因为伍尔夫在这里指出，女性不应该有征服和控制他者的欲望，但同时也暗示黑人女性和英国女性这两种人是相互排斥的。

处处与她作对。那么，我的问题是，什么样的心境最有利于创作呢？我们能否对这种维持并推动创作活动的心境进行定义呢？此时，我翻开了莎士比亚的悲剧集。譬如，他在创作《李尔王》和《安东尼与克莉奥佩特拉》时，是怎样的心境？那一定是有史以来最适合诗歌写作的心境了。但莎士比亚本人对此只字未提，我们也是偶然得知，他写诗的过程十分顺畅，“一行字也没有涂改过”。大概直到18世纪，艺术家们才开始提及自己的创作心境，开先河的人应该是卢梭[1]。不管怎样，19世纪见证了人们自我意识的觉醒与增强，男性作家们在忏悔录和自传中描述自己的创作心境的现象已经蔚然成风。他们的生平事迹被记录了下来，他们的往来信件死后也被出版成册。因此，尽管我们不了解莎士比亚在创作《李尔王》时的心路历程，却的确清楚卡莱尔在写《法国革命史》时的心理状态，知道福楼拜在写《包法利夫人》时的种种经历，体会到济慈在用诗歌去抵抗死神降临和世间冷漠时的感受。

现代文学作品层出不穷，与作品相伴出现的是作者的自我独白和自我分析，阅读这些文字可以发现，天才之作的诞生必然要经历九九八十一难。作者不可能把脑海中的构思顺顺利利、完完整整地呈现出来，因为周遭所有的事物都在干扰着他。首先是糟

1 指卢梭在1766年写下《忏悔录》。

糕的外部环境，狗在屋外吠叫，人在屋内吵闹，为了养家糊口，却折损了健康。除此之外，让一切雪上加霜，压倒作者的最后一根稻草是人与人之间的冷漠。人们并没有要求谁去写这些诗歌、小说和史书，因为他们不需要。人们并不在意福楼拜是否用对了词，卡莱尔是否细致考察了所有事实。显然，人们不会付钱买这些没用的东西。所以，济慈、福楼拜和卡莱尔这些作家，皆饱受困苦与挫折，尤其是在他们创作力鼎盛的青年时期。从他们的自我分析和自我独白中，听到的是一声声咒骂和悲鸣，“在苦难中死去的伟大诗人”[1]——便是他们反复吟唱的主题。如果作者经历了一切艰难险阻仍有作品流传于世，那便是奇迹。但或许没有一本书能依照作者最初的构思，完整无缺地呈现在读者面前。

我望着空空荡荡的书架，心想，对女性而言，她们所面对的艰难险阻则更多，更可怕。首先，哪怕到了19世纪，女性也无法拥有一间属于自己的房间，更不用说一间安静且隔音的房间[2]了，除非她的父母极其富有，极其显赫。她能拿到多少的零用钱，全凭父亲的脸色好坏。即便在她父亲心情不错的时候，拿到的钱也只够她买件衣服。更别说出门转转，放松一下心情了。但像济慈、丁尼生或卡莱尔这样穷困潦倒的男人，还能时不时出个远门徒步旅

1　出自华兹华斯的诗歌《决心与独立》。

2　托马斯·卡莱尔在其位于切恩步行街的家中安装了一间隔音室，隔绝这座城市的噪声。伍尔夫在散文《伟人之家》中描写了他如何与噪声和双层墙做斗争。

行一番，或到法国游玩一下，权当消遣。他们甚至拥有一处独立的寓所，哪怕再破旧，至少能躲避家人的苛责与掌控。尽管这些有形的困难已经让人难以招架，但更可怕的却是那些无形的苦难。连济慈、福楼拜等有才华的男子都无法承受的世间冷漠。对女性而言，这人世间的冷漠则化为敌意。这个世界会对男作家说：想写就写吧，反正与我无关。而这个世界则会对女作家发出一串哄笑：你想写作？你写出来的东西算什么？我又望了望空空荡荡的书架，心想在这方面，或许纽纳姆学院和格顿学院的心理学家可以帮帮忙，来检测一下挫折对艺术家的心智有多大的影响。我曾看到一家乳品公司分别喂老鼠普通牛奶和优质牛奶，以测量不同奶质对老鼠的体质有何不同影响。他们将两只老鼠并排放在两只笼子里，实验结束后发现，一只体形瘦弱，看起来贼头贼脑，怯懦胆小；而另一只体形硕大，毛皮油光水滑，胆子很大。那么，我不禁要问，我们为女艺术家提供了什么样的食物呢？我只能记起那顿晚饭里的梅子干和蛋挞。要找到刚才那个问题的答案，我只需打开晚报，看看伯肯赫德爵士是怎么说的——不过我实在不想摘抄他关于女性写作的观点，也不打算重述英奇教长的说法。就让哈利街上的那位专家自己嚷嚷吧，即使他的叫声在街上不停地回荡，也激不起我心底的一丝波澜。不过我还是打算引用奥斯卡·布朗宁先生的说辞，因为他曾在剑桥大学非常有名，也是格顿学院和纽纳姆学院的考官。奥斯卡·布朗宁先生经常宣称：“不论我批阅哪套试卷，不论给学生怎样的分数，我总觉得从智力上来看，最聪明的女人总比不上最愚笨的男人。”每每说罢，布朗宁先生便回到自己的办公室——正是这一言论让他备受青睐，成为剑桥的风云人物——在房间里，他看到一个马童躺在沙发上——“他瘦得皮包骨头，脸颊凹陷，面色蜡黄，牙齿黢黑，四肢发育得似乎不太健全……‘是亚瑟’（布朗宁先生喊道），‘他是个惹人怜爱又纯洁的孩子’”。这两幅画面在我眼前互为补充，令人欣慰的是，如今传记资料非常丰富，这样我们既能听其言，又能观其行，就可以更全面准确地解读这些伟人的观点了。

像奥斯卡·布朗宁先生这样的伟大人物针对女性所提出的观点，放在五十年前会造成广泛的影响，即便在当下也仍有一定的市场。我们设想一下，一位父亲之所以会阻止自己的女儿远走高飞，追求成为作家、画家或者学者的梦想，纯粹是出于对子女最良好的愿望。他会如此训诫道："听听奥斯卡·布朗宁先生是怎么说的。”除了奥斯卡·布朗宁先生，《星期六评论》和格雷格先生都发表过类似的言论——“女人存在的意义，”格雷格先生断言道，“在于她们一生都依附于并臣服于男人。”[1]——众多大男子主义的观点都在表明，不要对女人的智力抱有任何希望。即使这位父亲没有主动向女儿灌输这些思想，她自己也会在

1　出自格雷格《社会和文学判断》中的一篇文章《女性为什么多余？》。

别的地方听到这些观点。直到19世纪，这些言论仍会严重打击女性创作的积极性，令她心灰意冷。并且她的耳边总是响起否定的声音——你做不了这个，你做不了那个——面对质疑，她必须站起来辩驳、反抗。这种思想上的荼毒对于女性作家而言威力并不大，因为当时已经陆续出现了多位杰出的女小说家。而对那些女画家来说，却难免会受到一些恶意中伤。据我判断，女音乐家们至今依然深受其害，尤其是女作曲家，她们的地位与莎士比亚时期的女演员一样卑微。这让我想起了先前虚构的莎士比亚妹妹的故事。尼克·格林曾说过，女人演戏如同小狗笨拙地踩着舞点。两百年后，约翰逊博士借用了相同的比喻来形容女传教士。随即，我翻开一本音乐书，发现就在今年，也就是1928年，作者仍然用这些词来描述那些尝试作曲的女人。“谈到热尔梅娜·塔耶芙尔小姐[1]，就不得不引用约翰逊博士关于女传教士的至理名言了，不过得把职业换一换。‘先生，女人谱曲就像小狗用两条后腿学人走路，曲子肯定不动听，但令人惊奇的是，她们居然还真敢这样做。’”[2]历史总是惊人的相似。

因此，抛开奥斯卡·布朗宁先生和其他人的相关言论，我也能得出这样的结论：非常明显，即使到了19世纪，人们仍然不希

1 贝斯伯勒夫人（1892—1983），法国作曲家。她是成立于1920年的位于蒙帕纳斯的六人乐队中唯一的女性成员。

2 出自塞西尔·格雷（1895—1951）的《现代音乐概论》，第246页。——原注

望女性走上艺术之路。相反，她们一生坎坷，会遭受各种怠慢、侮辱、说教和规训。她们不得不为自己辩驳，反抗所有的不公正待遇。这势必会令她们承受巨大的精神压力，最终身心俱疲。说到这儿，我们探讨的话题依然躲不开那个既令人玩味却不易察觉的大男子主义情结，这对女性的言行举止都产生了深远的影响。男性内心这种根深蒂固的欲望不仅要将女性贬低到尘埃里，还要时时事事突显自己的高贵和优越。哪里都有他们的身影，要么阻碍女性从事艺术创作，要么阻挡她们的从政之路。即便她们苦苦哀求只为争取一点点权利，即便这点权利丝毫撼动不了男性的权威。我记得就连对政治满腔热忱的贝斯伯勒夫人，在写信给格兰维尔·莱维森-高尔勋爵时，也不得不卑躬屈膝。“……虽然我将巨大心力投入政治活动，也发表过不少政治言论，但我完全赞同阁下的观点，任何女性都无权参政，也无权插手其他的重要事务，顶多提提自己的想法（当被问起的时候）。”唯有事先如此表态，贝斯伯勒夫人才能顺畅地、充满激情地就下个重要话题发表自己的看法，即在格兰维尔·莱维森-高尔勋爵在下议院的首场演讲。在我看来这是个奇特的现象，男性阻挠女性解放的历史或许要比女性解放史本身有意思得多[1]。假如格顿学院或纽纳姆学

1　当时反对妇女运动的现象非常普遍。为了集体反对女性获得选举权，“男性反对女性联盟”于1909年成立，由克罗默勋爵担任主席。第二年，随着选举权运动达到顶峰，它与“全国妇女反选举权联盟”合并，成为“全国反对妇女选举权联盟”。

院的某个年轻学生就这一现象收集些许例证，推演出一套理论，没准儿能写成一本挺有趣的书——不过，在此过程中，她需要戴上厚厚的手套，握着坚硬的金杖来保护自身安全。

暂且不谈贝斯伯勒夫人了。我觉得，有些事情现今看来十分荒唐可笑，若放在过去，却会被严肃认真地对待。我敢打包票，这些荒诞不经的言论如今只会被少数几个人当作漫长夏夜里用来消暑的谈资，可当初却非常打动人，你的祖母辈、曾祖母辈的很多人都曾为之落泪，例如佛罗伦斯·南丁格尔[1]。目前，你们的境况还不错，不仅享受着高等教育，还有属于自己的房间——或许只是客厅兼卧室的一间房——就自认为天才可以无视这些看法，可以对他人的意见不屑一顾。但可惜的是，无论男女，恰恰是越有才华的人越在意别人的议论。看看济慈为自己刻下的墓志铭[2]。想想丁尼生，再想想——我无须列举更多的例子来证明这个虽听起来有些惋惜但不可否认的事实，那就是，对他人的评价极其敏感是艺术家的天性。文学界中不乏因过度在意众人议论而声名狼藉的人。

这又回到我最初提出的问题上来：什么样的心境最适合艺术创作？艺术家们的敏感、脆弱和焦虑无疑不利于他们的创作，因

1 “我们的心在滴泪……女人一生中从来没有半个小时的时间……可以称之为自己的时间，而不用担心冒犯或伤害他人。”引自佛罗伦斯·南丁格尔的《卡珊德拉》，载于R. 斯特雷奇主编的《事业》。——原注

2 约翰·济慈希望在自己的墓碑上刻上一句：“此地长眠者，声名水上书。”

为若想将心中的构想完整地呈现出来，我望着桌上翻开的《安东尼与克莉奥佩特拉》，认为艺术家就必须像莎士比亚一样，拥有一颗炽热而澄明的心，心无旁骛，了无挂碍。

我们对莎士比亚创作时的心理状态并不了解，但这种说法本身就是在描述他的创作心境了。我们之所以对莎士比亚知之甚少——比起多恩或本·琼森或弥尔顿——是因为他内心的种种怨恨、烦恼和厌恶我们无从知晓，他没有什么秘闻会让我们浮想联翩。抗议、说教、谴责、报复也好，让世界见证自己的苦难或冤屈也罢，这些怨念在莎士比亚的作品中统统消失了。因此，他的诗歌才是真正的自然流露。如果这个世上真有人将自己的构思完完整整地表达出来，唯有莎士比亚。如果世上真有如此炽热而澄明的创作心境，我转头向书架望去，也唯有莎士比亚。

第四章

很显然，想在16世纪找到一位有潜心创作心境的女性，是不可能的。只需想想伊丽莎白时期，那些雕刻在墓碑上双手合十、双膝跪地的儿童形象，这些孩子的住所昏暗仄陋，他们大多出生不久便夭折了，就会明白，那个时代的女性不具备写诗的条件。人们只能期待在17世纪找到某位伯爵夫人，她可以凭借着自己相对舒适自由的生活条件，进行文学创作，冒着被世人当作异类的风险，公开发表一些署了真名的作品。我继续思量着，为了避免与“彻头彻尾的女权主义者”丽贝卡·韦斯特小姐为伍，我不得不谨慎地说，男人当然不是势利小人，但当他们看到这位伯爵夫人一时兴起，吟起诗来，大多还是会出于对她的怜悯而赞赏几句。可想而知，在那个时代，与鲜为人知的奥斯汀小姐或勃朗特小姐相比，一位出身高贵的夫人所受到的嘉奖自然要多得多。即便如此，这位贵妇人在创作的过程中仍会被一些诸如恐惧、怨恨的外在情绪所干扰，人们能在她的诗句之间感知到作者的不安。温切尔西伯爵夫人[1]就是这样一个例子，我顺手从书架上取下她的诗集。温切尔西伯爵夫人于1661年出生于名门望族，丈夫同样家世显赫。她膝下无儿无女，便将全部精力都投入诗歌创作。一翻开她的诗集，她因抗议女性的不平等地位而发出的怒火就喷射出来。

我们已经堕入深渊！皆因陈规陋习，
我们并非天生愚昧，皆因奴役驯化，
心智不再发展，
变得呆滞迟钝，由人摆布；
倘若有人挣脱枷锁，一飞冲天，
心怀热切的梦想，彰显勃勃的野心，
迎面而来的只会是猖狂的敌对势力的痛击，
对成功的渴望终将抵不过对失败的恐惧。[2]

透过这些诗句可以发现，温切尔西伯爵夫人的创作心境并未

1　温切尔西伯爵夫人（1661—1720），闺名是安妮·芬奇，英国女诗人。

2　本段节选自温切尔西伯爵夫人的《引言》，后两节也出自同一首诗，被收录在1713年出版的诗集《杂诗》中。

达到“心无旁骛，了无挂碍”的程度。相反，憎恨和哀怨侵扰着她的心神，令她无法冷静下来。她把人类分为男女两大营垒，男性是压迫女性的“敌对势力”，他们既可恨又可怕，因为他们能够阻挡女性去做自己想做的事情——写作。

天哪！一个女人只是尝试握笔写字，

就被看作自以为是的怪物，

即便再高贵的品德也无法弥补这一过错。

他们说，女人不要忘记自己的性别和行为准则，

优雅的谈吐、时兴的装扮、翩翩的舞姿、漂亮的妆容、自由的玩乐，

才是我们的人生追求；

而写作、阅读、思考或探索，

只会摧毁我们的容颜，耗费我们的年华，

阻止我们追求青春的步伐。

而卑微地操持家中琐事，

却被认为是我们能企及的最高境界。

其实，温切尔西伯爵夫人只有假定自己的文字将永远不会公之于世，才能鼓足勇气继续创作。因此她写下这几句哀伤的诗以抚慰自己：

为几位好友，也为你哀唱，
因为月桂树从不会为你而生，
黑黢黢的阴影才是你该待的地方，知足吧。

无可争议的是，倘若她放下憎恨和恐惧，让心灵不再遭受悲伤和怨念的煎熬，还心灵以炽热与澄明，那么她的笔下就会源源不断地涌出充满诗意的佳句：

褪了色的丝线怎能织出，
娇艳欲滴的玫瑰？[1]

——这两行诗得到了默里先生[2]的赞赏，据说，蒲柏则记住并效仿了下面几句：

黄水仙令我们眩晕，
她的芬芳让我们沉醉又心痛。

1 摘自温切尔西伯爵夫人的诗《脾脏》，出自她1713年的诗集，她先在1701年匿名发表过。下面三个片段引自同一首诗。

2 约翰·米德尔顿·默里（1889—1957），英国作家、评论家。他是《安妮，温切尔西伯爵夫人诗集》的编辑。

这位女性醉心自然，勤于思考，明明可以写出如此美妙的诗句，却不得不让文字沾染上怒火和怨气，真是令人感到万般遗憾。但是，面对世人的冷嘲热讽、谄媚者的虚假恭维、职业诗人的责难，她能有什么办法呢？我猜，她只能把自己关在乡间的一处宅院里，默默地写作。尽管拥有丈夫的疼爱和美满的婚姻，内心仍会被怨念和顾忌所折磨。我之所以用“猜”这个字眼，是因为当我们试图去了解温切尔西伯爵夫人的生活细节时会发现，她的生平事迹并未被记录下来。她饱尝忧郁之苦，对于这一点，我们倒是比较确定，因为当她陷入忧郁时，会用诗句告诉我们她的所思所想：

我的诗句遭人诋毁，
我的言行遭人非议，
被当作愚蠢的徒劳，
抑或是狂妄的过错。

据我所知，她那遭人非议的言行不过是在田野之间散散步，做做白日梦而已，都是些人畜无害的消遣：

我的双手只爱摸索非凡的事物，
不愿碰触平凡之物，

褪了色的丝线怎能织出，

娇艳欲滴的玫瑰？

如果这些行为是温切尔西伯爵夫人的爱好，并且她乐此不疲，就难免不被人嘲讽了。传闻说是蒲柏还是盖伊[1]曾经讽刺她为“狂爱涂鸦的女学究”[2]。据说她也曾嘲笑过盖伊，说他的诗作《琐事》恰恰说明“他更适合做轿夫，而不是坐在轿子中”，因此还得罪了对方。不过，默里先生认为这些是“捕风捉影的闲话”，非常“无聊”。但就这一点，我是不认同的。我打算收集与温切尔西伯爵夫人有关的任何资料，哪怕是流言蜚语，也是多多益善。这样我才有可能找到或者拼凑出这位忧郁女士的形象：她热衷于在田间漫步，喜欢琢磨一些稀奇古怪的事情，非常莽撞愚蠢地表达出对“琐碎的家务事”的蔑视。默里先生却认为温切尔西伯爵夫人已经江郎才尽了，她的脑袋里长满了杂草，遍布荆棘，将出众的才华吞没了。于是，我把她的诗集放回书架，把目光转向另一位贵妇人，即纽卡斯尔的玛格丽特[3]，她性格浮躁，喜欢幻

1　约翰·盖伊（1685—1732），诗人和剧作家，以《乞丐的歌剧》而闻名。他的诗作《琐事：漫步伦敦街头的艺术》于1716年出版。

2　这段话引自默里为《安妮，温切尔西伯爵夫人诗集》所写的引言部分。蓝袜社是18世纪中期的女性知识分子圈，她们为了追求知识和欢乐而定期聚会。自17世纪70年代起，这个词只指独立的知识女性。

3　玛格丽特（1623—1673），即纽卡斯尔公爵夫人，是一位多产的诗人、剧作家、散文家和科学家。

想，是兰姆的爱恋对象。虽然她比温切尔西伯爵夫人要年长一些，却都是同一个时代的人。两人虽不是同一类型的人，却也有很多相似之处。比如，均出身贵族，无儿无女，觅得了好夫君；都将一腔热血投入诗歌创作，也皆为诗歌而身形憔悴、黯然神伤。翻开这位公爵夫人的诗集，迎面而来的是那股熟悉的怒火，“女人像蝙蝠或夜猫子一样活着，像牲畜一样劳作，像虫子一样死去……”[1]。假设玛格丽特生活在我们这个时代，也会成为一名诗人，像其他人一样推动着历史的车轮不断前进。但在她所处的那个时代，能有什么办法来引导、驯服和点化她那桀骜不驯、未经雕琢的才情，以便造福人类呢？只能任由它喷泻而出，随意流淌进诗歌、散文和哲学领域，汇总成一本本无人问津的四开本或对开本的书籍。本该有人递给她一台显微镜，本该有人教会她如何观察日月星辰、如何科学理性地思考问题。由于长期处于孤独而散漫的生活状态，无人干预，无人教导，玛格丽特的思维方式出现了偏差。而教授们只会奉承她，宫廷里的人只会嘲讽她。埃杰顿·布里奇斯爵士[2]曾这样诟病过她文字的粗鄙——“竟出自一位出身高贵、接受过宫廷教导的妇人笔下”。如此一来，她只能

1　在文章《纽卡斯尔公爵夫人》中，伍尔夫引用了卡文迪什的《女性演讲》中的这段话。

2　埃杰顿·布里奇斯爵士（1762—1837），文学史家和系谱学家，曾为1814年出版的纽卡斯尔公爵夫人的自传作序。

将自己幽闭在韦尔贝克[1]。

玛格丽特·卡文迪什让我联想到一幅多么寂寥又狂乱的画面！画面中一根粗壮的黄瓜藤紧紧缠绕着花园里所有玫瑰和康乃馨的枝蔓，直至令这些花朵衰败凋零。曾写下这句“女人心智越开化，就越有教养”的这位女性，随后却将大好的时光浪费在乱写乱画上，并放任自己做种种怪诞愚蠢之事。以至于她每次出行，众人便围堵住她的马车，企图一睹为快，这样的结局多么令人痛心！显然，世人眼中这位已经发了疯的公爵夫人，常常被当作妖魔鬼怪来吓唬那些聪明女孩。这时，我想起多萝西·奥斯本在写给坦普尔的信中提到了公爵夫人的新作，于是放下公爵夫人的诗集，翻开多萝西·奥斯本的书信集，找到了这段话：“这位可怜的女人真有点精神不正常了，否则不会如此荒唐，竟然有胆量进行创作，而且是写诗。就算我连续两个星期不睡觉，也不会昏头昏脑到这种地步。”

所以，按理说，既然神志清晰、端庄贤淑的女子不能进行写作，那么与公爵夫人性情截然不同的多萝西，通情达理且有点内向，自然是不会留下什么作品的，书信不能算正儿八经的写作。因为信件可以随时随地写，不会打扰到其他人。比如在父亲的病榻旁，男人们傍晚聊天时生起的炉火旁。在浏览多萝西的书信

1 诺丁汉郡的维尔贝克修道院是公爵夫人的乡村住所。

时，我心里不禁暗暗惊叹，这么一位从未受过教育、生性腼腆的女孩，居然在遣词造句、描绘场景上有如此高的天分。看看她是怎么写的：

“吃完午饭，我们坐下来一直聊天。当聊到B先生时，我就走开了。由于天气炎热，整个下午我都待在屋里读读书、做做活。六七点钟时，我出门走到附近的一块公共草地，看到一群年轻的已婚妇女在那儿牧牛放羊，她们坐在树荫下唱着民谣。我就凑了过去，想比较比较她们的歌声和容貌与我在书里读到的古代牧羊女是不是一样的，结果发现大相径庭。不过，有一点你得相信我，她们像牧羊女一样天真无邪。我跟她们攀谈起来，发现她们无欲无求，无忧无虑，是世界上最快乐的人，只是她们不自知而已。在聊天的过程中，有个妇女时不时地四处张望，盯着牛儿以防它们到处乱跑，一旦发现自家的牛跑进了玉米地，大家一溜烟儿似的全都跑过去帮忙驱赶，仿佛脚上长了翅膀。我的动作没有那么迅速，所以落在了后面，等她们把牛赶回家后，我想我也该回家了。吃完晚饭，我溜达到后院的花园，在小河边坐了坐，多希望此刻你就在我身边……”

通过以上文字可以断言，多萝西确实有成为作家的潜质。但她也说过“就算我连续两个星期不睡觉，也不会昏头昏脑到这种地步”——即便是喜爱写作且有写作天赋的女性，都不得不说服自己去相信，写一本书是件荒谬可笑甚至疯狂的事情。可想而知，反对女性写作的声音该有多么强烈。接着，我把这册薄薄的多萝西·奥斯本书信集放了回去，又找到了贝恩夫人[1]的书。

贝恩夫人是我们寻找女性作家之旅中的一个至关重要的转折点。之前提到的那几位孤独的贵妇人，只为爱好而写，她们的作品无人阅读，无人评论，那就把她们关在自己的花园里孤芳自赏吧。我们要走进城里，来到熙熙攘攘的大街上，与那些普通百姓并肩而行。贝恩夫人出身于中产阶级，活泼幽默，积极向上，胆识过人，具备普通民众应有的美德。由于丈夫早年去世，又经历了几次挫折，她只能靠自己的聪明才智来谋取生计。身为女性，贝恩夫人需要在同等条件下与男人竞争。她拼命写作，终于能让自己衣食无忧。实际上，靠写作谋生这一事实，远远比她创作出来的任何作品要重要，甚至胜过她的名作《一千次的献祭》和《爱在奇妙的胜利中》。之所以这么说，是因为财务的自由保障了她精神的自由，并且随着时间的推移，她可以随心所欲地写出心中所想。既然贝恩夫人已经成功了，那么女孩们就有底气跟她们的父母说：我不需要你们给我零花钱了，我也能靠手里的笔养活自己。可想而知，实际情况就是，即便多年之后父母的回答依旧会是：好啊！想拿阿芙拉·贝恩做榜样！你还不如死了算了！然后更加狠命地把房间门关上。这就引出了一个值得讨论的、非

1　阿芙拉·贝恩（1640—1689），英国剧作家、诗人和小说家。她被认为是英国第一位靠写作谋生的女性。”

常有意思的话题，即男性极为看重女性的贞洁，乃至影响到了她们的教育方式和程度。如果哪位格顿学院或纽纳姆学院的学生愿意深入探究这个话题，兴许能写出一本值得玩味的书来。我们可以把达德利夫人[1]的画像当作这本书的卷首插图，画像中她满身珠宝，坐在苏格兰荒野里，周围萦绕着成群的蚊蠓。达德利夫人去世那天，《泰晤士报》在她的讣告中如此写道："达德利勋爵举止文雅，成就斐然，心地善良又慷慨大方，但却非常专横跋扈。他要求他的夫人平时都要盛装打扮，甚至到苏格兰高地狩猎，住在最偏远的小木屋里，他也会亲手为达德利夫人戴满珠宝首饰。"如此种种，"他让妻子应有尽有——总是不求回报。"男性的专横跋扈在19世纪同样存在。直到达德利勋爵中风之后，夫人不仅尽心尽力地服侍他，还能将他的产业打理得井井有条，展现出过人的才干。

言归正传。阿芙拉·贝恩的经历可以证明，在放弃了一些所谓的贞洁美德之后，女性是可以通过写作来挣钱养家的。慢慢地，写作这种行为不再是一个女人神经错乱的标志，而是对她有着重要的现实意义。生活中，女性能预料到各种意外会接踵而至，比如她们的丈夫也许会先行而去，未知的灾难也许会摧毁整个家庭。因此，从18世纪开始，数以百计的妇女为了多挣点零

1 达德利伯爵夫人（1846—1929），在波尔战争和第一次世界大战期间为英国红十字会服务。

用钱或补贴家用，做起了翻译，或者创作了大量拙劣的小说。这些小说多到文学史教材都记录不下，但在查令十字街的“四便士旧书摊”上，还是能淘得到的。18世纪末，女性的思想极度活跃——她们经常谈话交流，举办文学沙龙，撰写对莎士比亚的评论文章，翻译典籍——这些进步都仰赖于一个确凿的事实，即女性能靠写作赚钱。女性写作原被视为轻浮无聊的消遣，而如今她们的作品可以变换成金钱，这就赋予了此行为以价值，让其变得体面厚重起来。人们依旧可以继续嘲讽她们为“狂爱涂鸦的女学究”，但不能忽视的事实是，她们的钱包真的鼓起来了。18世纪即将结束之际，一场变革正在悄然发生，那就是中产阶级女性纷纷走上了写作生涯。倘若由我来重写历史，我会把这场变革描述得比十字军东征和玫瑰战争更惊心动魄、更有意义。如果《傲慢与偏见》《米德尔马契》《维莱特》和《呼啸山庄》，这些女性小说被认为是有文学价值的，那么女性写作的意义就不是我在这儿用一个小时的讲座能够说得清的了。一是因为，女性写作群体已经不仅仅局限于那些将自己幽禁在乡村宅院之中、在自己的对开本和旁人的阿谀奉承之间孤芳自赏的贵妇，写作已经走进了普通女性之中。二是因为，假如没有那些被遗忘的诗人就没有乔叟，没有乔叟就没有马洛，没有马洛就没有莎士比亚。同理，没有那些寂寂无名的女性敢于为天下先，创作出文学作品，就不会有之后的女作家简·奥斯汀、勃朗特姐妹和乔治·艾略特。正是这些先驱者一路披荆斩棘，为后人铺平了道路，让粗俗的方言变成文雅的官语。任何一部杰作都不是无源之水、无本之木，它们都是长年累月反复思考的结果，是集体智慧的结晶，是所有民众的经验化作的一股声音。因此，简·奥斯汀理应到范妮·伯尼的墓前献上花环，乔治·艾略特理应向伊丽莎白·卡特[1]那坚毅的灵魂致敬——这位坚强的老太太在自己的床头挂上响铃，以便能每天早起学习希腊语。所有的女性理应在阿芙拉·贝恩的坟茔上摆满鲜花。虽说将她葬在威斯敏斯特大教堂这事在当时引起一片哗然，却也在情理之中。因为是她为女性赢得表达自我的权利，是她——尽管声名狼藉，风流成性——让今晚我对你们所说的话不至于那么异想天开，那就是：用你们的聪明才智去挣五百英镑的年薪。

那么，我们来到下一站——19世纪。到现在我才发现书架上有几层专门放着女作家的作品。可当我上下打量这些书时，不禁产生了一个疑问，为何大部分都是小说？要知道，最能体现人类原始冲动的写作形式应该是诗歌。“歌之神”[2]便是一位女诗人。而不论是在法国还是在英国，女诗人的地位要远远高于女小说家。并且，看到了这四位著名女小说家的名字，我就在想，乔治·艾略特与艾米莉·勃朗特是否有相似之处？不是夏洛蒂·勃

1 伊丽莎白·卡特（1717—1806）是蓝袜社的成员，一位古典主义者、诗人和翻译家。

2 指希腊女诗人萨福。

朗特根本理解不了简·奥斯汀吗？除了没有子嗣这个相同点之外，似乎就没有什么可以把她们关联到一起的了。这四位完全不同的人物恐怕难以在一间屋子里和平相处——这倒让人不禁产生了安排她们聚在一起聊聊天的念头。然而，不知是何种奇怪的力量引导她们选择了小说创作这条路。我猜，会不会与她们的中产阶级出身有关呢？艾米莉·戴维斯[1]小姐曾明确地指出，19世纪初的中产阶级家庭通常只有一个起居室，这个客观事实是否也导致她们只能写小说呢？女性只能在共用的起居室里写作，所以才会让南丁格尔小姐如此愤愤不平——“女人从没有过半个小时……是完完全全属于自己的”[2]——她总会被人打扰。因此，对于女性来说，写散文或小说要比写诗歌或戏剧容易得多，毕竟散文和小说不需要过多的专注力。简·奥斯汀的写作生涯就是在这样的环境中度过的。“她是如何完成这一切的，”她的侄子在回忆录中写道，“真是匪夷所思。因为她没有自己单独的书房，大部分作品都是在公共的起居室里完成的，写作过程时常被各种琐事打断。她还得十分小心谨慎，防止仆人、访客或外人发现她在

1 艾米莉·戴维斯（1830—1921），英国女权主义者，致力于实现女性高等教育和女性选举权。

2 出自佛罗伦斯·南丁格尔的《卡珊德拉》，收录在R. 斯特雷奇的《事业》（第402页）。这句引文后，南丁格尔继续说道：“女性没有被赋予任何手段，借此来抵制社会生活对她们的要求。她们从小就被教导，‘女人的使命’就是能接受时时刻刻都被打扰的这个事实，如果她们不愿意在做事时被打断，那就被视为脾气暴躁，不遵守使命。”

写作。”[1]一旦有人靠近，简·奥斯汀就赶忙将手稿藏起来，或者用吸墨纸盖住。此外，19世纪初的女性所能进行的所谓文学写作训练，仅仅是学会如何观察人物，如何分析人物的情感。她们的洞察力就是在这个起居室里慢慢变得敏锐起来，人类复杂的情感在她们的内心留下深深的印记，各种人际关系纷纷展现在她们的面前。因此，中产阶级女性一旦从事写作，便自然而然地选择了小说。尽管这样分析看起来没有问题，但之前提到的四位知名女作家中，有两位并非天生的小说家。艾米莉·勃朗特本可以创作诗剧，乔治·艾略特的思维宽泛活跃，且记忆力强，她本可以将创作领域扩展到史书和传记。然而，最终她们都写了小说。我们可以评价她们的小说是不错的作品，比如，我从书架上把《傲慢与偏见》拿了下来，称赞这部小说非常伟大并不是一种吹嘘，也不会让男性感到不适。毕竟，被人撞见写的是《傲慢与偏见》，绝不会是一件羞耻的事情。然而，简·奥斯汀应该感谢她家那嘎吱作响的房门，当听到有人推门而入时，她有足够的时间藏好小说手稿。对简·奥斯汀而言，写《傲慢与偏见》多少有点见不得人。我就有些好奇，如果她不避讳在访客面前写作，这部小说是否会更为精彩？于是我试着读了一两页，却并未发现她周围嘈杂局促的环境损害到她作品质量的分毫，这才是她的神奇之处。

1 《简·奥斯汀回忆录》，由她的侄子詹姆斯·爱德华·奥斯汀-利所著。——原注非常庆幸在1800年前后，有这样一位女性在潜心创作小说时，内心没有仇恨，没有怨念，没有恐惧，没有愤懑，也没有说教。我转头看了一眼《安东尼与克莉奥佩特拉》，心想，莎士比亚的写作状态也是如此。莎士比亚与简·奥斯汀经常被放在一处比较，大概就是因为两者都清除了心中的杂念。正是这个原因，导致我们不了解莎士比亚本人，也不了解简·奥斯汀；也正是这个原因，简·奥斯汀才能全心全意地写好每一个字，莎士比亚亦是如此。如果非要找出环境对她造成的一个不良影响，恐怕就是过于狭小的生活圈了。因为在那个时代，简·奥斯汀的身份不允许她独自外出。她从未旅行过，从未乘坐公共马车穿行于伦敦城，也从未只身进入一家饭店用餐。或许对于身外之物不做奢求，正是简·奥斯汀的本性。可以说，她的天赋、性格与生活环境完美契合，造就了世上独一无二的简·奥斯汀。这种分析方法是否适用于夏洛蒂·勃朗特呢？我心存疑虑。于是把《简·爱》拿下来，放在《傲慢与偏见》的旁边。

我翻到《简·爱》的第十二章，被里面的一句话所吸引："他们想责怪我就责怪我吧。"我很纳闷儿，他们究竟为什么要责怪夏洛蒂·勃朗特？小说描述了简·爱经常在费尔法克斯太太做果冻的空当里，爬上屋顶眺望远处的田野，然后开始许愿——这应该就是她被责怪的原因——"我渴望拥有一双千里眼，能够看到生机勃勃的都市、城镇和地区，那里有我在书本里读过但没见过的万千景象。我还渴望拥有更丰富、更实用的人生阅历，结识更多志趣相投的朋友，也想接触到形色各异的人。费尔法克斯太太和阿黛尔的身上固然有很多美好的品德值得我珍视，同时我也相信这个世界上还有很多其他善良的人和不同的美德存在，我渴望亲眼见到我所相信的东西。

“谁会责怪我？肯定有很多人责怪我太贪心。我也没办法啊，因为我的血管里天生流淌着躁动的血液，有时会让我非常焦虑和痛苦……

“我不相信那些劝人安于现状、随遇而安的说辞，这毫无益处。人必须行动起来，即使眼下没有行动的目标，也要创造一个出来。在这个世界上，有数以百万的人注定在沉默中走向毁灭，同时也有数以百万的人在默默地与自己的命运相抗争。无人知晓在普罗大众之中，还有多少人点燃了心里反抗的火苗。人们通常认为女性应该安分守己，但她们对外界的感知与男性并无二致。她们跟自己的兄弟们一样，也需要锻炼能力的机会及施展才华的平台。她们和男人一样，也会因充满禁锢的社会和停滞不前的人生而痛苦。有些家境优渥的人认为，女性就应该待在家里做做布丁、缝缝袜子、弹弹钢琴、绣绣荷包，这话显得他们鼠目寸光。女性因为有心想冲破旧规强加在她们身上的束缚，多学多做，却遭到他人的非议或嘲讽，这种行为显得他们太过肤浅。

“当我在独处的时候，耳边经常传来格雷斯·普尔的笑声……”[1]

我觉得这句话出现得非常突然，毫无征兆地就把格雷斯·普尔拉进了读者的视线，扰乱了叙述内容的连贯性。我将《简·爱》与《傲慢与偏见》摆在一起，有人认为夏洛蒂·勃朗特比简·奥斯汀的才情更高。但假如将刚才的引文再仔细通读一遍，留心文中突兀的停顿、生硬的转折，以及文字所散发出来的怒气，就能明白，夏洛蒂·勃朗特无法把自己的文学天赋完全表现出来。她的书已经变了形、走了样。创作时本该平心静气，下笔时却怒火攻心；本该妙笔生花，却蠢话连篇；本该塑造角色，却顾影自怜。她是在跟自己过不去，最后四处碰壁，心如死灰，无奈早早地离开了这个世界。

我心中一直有这样一个猜想，若夏洛蒂·勃朗特每年都有一笔三百英镑的收入——这个傻姑娘把所有小说的版权一次性全卖了，拿了一千五百英镑；假使她真的体验到都市、城镇和地区的繁华景象，拥有了更丰富、更实用的人生阅历，结识了更多志趣相投的朋友，接触到形色各异的人，那么迎接她的会不会就是另一个结局。夏洛蒂·勃朗特通过《简·爱》的那几段话不仅亲手指出了自己作为小说家的局限，也指出了那个时代全体女性的局限。她比任何人都清楚，如若将眺望原野的精力用在体验生活、

1　参见伍尔夫的散文《〈简·爱〉与〈呼啸山庄〉》。

交友旅行上，那么她的天赋将得到最大的发挥。然而，她的这些愿望终将落空。我们不得不承认，像《维莱特》《爱玛》《呼啸山庄》《米德尔马契》这些优秀小说，均出自人生阅历并不丰富的女性笔下。除了自己的家，她们顶多出入一下当地受人尊敬的牧师家庭；她们的写作场所就是那略显体面的公共起居室。她们穷得一次只能买几沓稿纸。当然，她们之中的确有人通过努力拼搏而改善了生存条件，那便是乔治·艾略特。不过她也只是隐居在了圣约翰森林的一处别墅里。即便如此，依然逃离不了世人对她的非议。“我希望得到大家的理解，”她写道，“我只邀请想来的人到我家做客。”她之所以这么说，难道不是因为她之前和一位有妇之夫非法同居过，导致与她见上一面就有损史密斯太太或者任何一位访者的清誉？所以，女性不得不向社会规约低头，做到“与世隔绝”。而与此同时，在欧洲的另一端，一位年轻人正潇洒快活着，他一会儿和吉卜赛女人勾搭到一起，一会儿又攀上一位贵妇人，还能穿上戎装走上战场。他这一路畅通无阻，无人指摘，积攒了丰富多彩的人生经历，末了还能为他写小说提供翔实的素材。如果换作托尔斯泰与一位有夫之妇隐居到修道院里，然后“与世隔绝”，那么无论他受到的道德训诫有多么深刻，我想，恐怕也无心写出《战争与和平》了。

就小说写作与性别对小说家的影响这两方面的问题，我们可以再深入地探讨一下。如果我们闭上眼睛，将小说当作一个整体来看待，它就仿佛是一面镜子映射着我们的生活，只不过有无数歪曲失真之处。不管怎样，小说的结构框架会在人的脑中投射出不同的形状，时而呈正方形，时而呈宝塔形，时而延伸出侧厅和拱廊，时而结构紧凑，时而像有个巨大穹顶的圣索非亚大教堂。回顾起一些非常有名的小说，我觉得，小说结构的条条框框源于人们心中与之相对应的不同情感，而一种情感一旦产生就会与其他情感融会贯通。因为整个框架并不是一砖一瓦构建起来的，而是由人与人之间的关系连接起来的。因而，一部小说会激起我们心中的各种纠结和对立情绪。现实生活与虚构生活相冲突，导致读者们难以就同一部小说达成一致意见，并且个人偏见也会让我们的评价出现巨大的偏差。我们一面希望你——主人公约翰——必须活下去，否则我们会伤心欲绝；我们一面又觉得，哎呀，约翰，你必须得死，因为这是剧情的需要。于是，现实生活与虚构生活发生了冲突。既然小说中的虚构生活部分映射着我们的现实生活，那么就可以按照现实生活的评判标准来看待小说。所以有的人就会说，我最讨厌小说里詹姆斯这类人；有的人会说这本书真是一派胡言；有的人会说我从未有过这般体验。现在仔细回想一下，任何一部经典小说，它的整体结构明显无比精妙复杂，并且涵纳了大量的差异分歧以及丰富的情感。而神奇之处就在于，这么一部由众多元素杂糅其中的小说，竟然毫不违和。并且英国读者对小说的理解，竟与俄国读者、中国读者的领会是相通的。这些经典小说的确处处契合，浑然一体。在少数几部传世之作中（我最先想到的是《战争与和平》），我发现，将大量分歧和复杂情感完美地糅合到一起的东西被称为“真诚”，当然这与请客买单的绅士风度、危急时刻下的正直坦荡并无关系。这里的“真诚”指的是小说家具备的品格，即他所写的内容能让读者信服。读者会这么想，没错，虽然我从未遇到过此类事件，从没见过这样的人，但既然作者这么写，那我就选择相信这一切都是真的，而且确实发生了。在我们阅读小说的过程中，会把每个短语、每个场景都放在光下比照——造物主让我们心中生出一束奇特的光芒，能分辨小说家真诚与否。又或许是造物主在捏造人类时，一时兴起，用隐形墨水在我们的脑中留下一句预言，等着这些伟大的小说家来印证。只有在天才的智慧之光下，这隐形的笔画才能逐一显现。当这预言完完整整地展露出来，我们不由得欣喜若狂，连连惊叹道：“这不就是我一直心有所感、心有所知、心有所往的吗？”我们顿时心潮澎湃，怀着近乎崇拜的心情把书合上，放回书架，仿佛那是一件稀世珍宝，能时不时拿出来欣赏，并终身受益。我把《战争与和平》放归原处。还可能会遇到另一种情况，一些貌似光鲜亮丽的句子乍一看会令人眼前一亮，作者以华美的词藻、活泼的语调引起我们热切的回应。但将它们放在光下检验琢磨的时候，却发现这里淡淡地描画了几笔，那里模糊地点缀了两下，勾勒不出任何完整清晰的轮廓。我们只能发出一声叹息：又是一部失败之作。这部小说肯定是哪里出现了大问题。

当然，大多数小说都存在这样或那样的问题。若把原因归结到作者身上，也许是精神压力过大，导致想象力减退；也许是洞察力钝化，无法分辨真伪；也许是精力耗尽，无法继续推进复杂、精密、繁重的工作。我看着《简·爱》及其他小说，不禁有些困惑，作者的性别会如何影响小说的创作？我认为真诚是一个作家的立足之本，而女作家的性别身份是否会损害她的真诚？从我引自《简·爱》的那几段文字中可以很清楚地看出，夏洛蒂·勃朗特的愤怒情绪影响到了她作为一名小说家的真诚。她本该专心致志地进行小说创作，却转而发泄自己的怨气。她曾极度渴望拥有丰富的人生阅历，那份求而不得的感受她永远忘不了——在她想自由自在地环游世界时，却被关在牧师家里缝补袜子，度日如年。创作的翅膀被怒气带偏了方向，读者很容易就能察觉到。除去愤怒，还有很多其他因素牵绊住她的想象力，令她误入歧途。比如，冷漠。罗彻斯特[1]仿佛从暗夜中走来，我们能感受到他带来的恐惧。亦如人一旦压抑太久，性情就会变得刻薄起来。夏洛蒂·勃朗特的创作激情之下，埋藏着郁积多年的怨恨，正悄无声息地燃烧着。类似这样的作品虽然很出彩，但隐藏的怨

1 《简·爱》中的男主人公。

气时不时就会突然将读者冲撞一番。

既然小说与现实生活一一对应，那么在某种程度上，小说所体现的价值观与现实生活中的价值观是一致的。但女性的价值观与男性的价值观显然有着天壤之别，这不足为奇，男权主义价值观始终占社会主流地位。简单粗暴地理解就是，足球这样的体育运动是“要事”，而追崇时尚、购买衣服是“小事”。生活中的这些价值取向无疑也被用来评判小说，因此评论家会认为描写战争的作品举足轻重，而涉及客厅里女性的恩怨情仇的作品就无足挂齿。枪林弹雨的场面远比逛商场的画面更要紧——价值观的微妙差别随处可见。因此可以发现，19世纪初女性小说家在设计整体框架时，为了迎合外界的权威，不得不偏离自己原本设定好的明确思路。只需快速翻阅几本过时的小说，品品字里行间的语气，就能觉察到作者正与看不见的评论者较劲。她一会儿做挑衅状，一会儿又装可怜；一会儿告饶说自己“只不过是个女人”，一会儿又不服气地觉得自己“与男人一样优秀”。面对外界的批评，她由着自己的性子胡来，时而恭谨顺从，时而咄咄逼人，时而怒气冲冲。其实向批评界表达何种态度并不重要，重要的是她对写作并不上心。因此她的书有股强词夺理的架势，书的核心出现了问题。我觉得，所有在伦敦二手书市场售卖的女性小说，就像在果园里散落一地的坑坑洼洼的小苹果。果实的内核被虫子啃食了，导致了果肉的腐败。女作家为了迁就外界的观点，而改变了自己的价值观。

然而，对于这些女作家而言，专注自我，不左右摇摆是难以做到的。因为在这个父权至上的社会，面对各种批评，需要何等的天分、何等的品德，才能做到不退缩、坚守自己的初心。只有简·奥斯汀和艾米莉·勃朗特做到了。这或许是她们桂冠上最鲜艳夺目的翎羽。她们遵循的是女性写作方式，而非像男性那样创作。那时，写小说的女性成百上千，唯有这两位对老学究翻来覆去的说教充耳不闻——你得这么写，你得那么想。唯有她们全然不理会那些喋喋不休的杂音，有的怨声载道，有的屈尊俯就，有的专横跋扈，有的伤春悲秋，有的震惊无比，有的愤愤不平，有的宽厚仁慈，总之她们不得片刻的安宁。这些批评者就像刻板严厉的家庭女教师，埃杰顿·布里奇斯爵士就是其中的一位。他要求女作家举止优雅，还居然强行将性别批评加入诗歌赏析[1]。他甚至劝诫她们，如果打算赢得一枚金光闪闪的奖牌，就必须遵守比赛制定者所设定的规则——“……女性小说家只有敢于承认自己性别的局限，才能追求卓越。”[2]这句话点出了问题的实质。我得

1 “（她）对玄学着迷，这是非常危险的，尤其是对女人而言。因为只有少数几位女性能像男人一样，在醉心于修辞写作的同时，还能保有一丝清明。女人在这方面的缺失确实让人奇怪，她们在其他方面也表现得更简单，更物质主义。”（《新标准》，1928年6月，第160页）——原注

2 如果像埃杰顿·布里奇斯爵士所说的一样，相信女性小说家只有勇敢地承认自己性别的局限性，才能追求卓越，那么“简·奥斯汀[已经]证明了如何优雅地做到这一点……”（《生平与书信》，1928年8月，第121—122页）——原注

强调一下，这句话写于1928年8月，并非一百年前的1828年8月，你们肯定非常吃惊吧。尽管这句话看起来有些好笑，可它恰恰代表了社会的主流观点，你们应该也同意我的想法——我并不是要把陈芝麻烂谷子的事抖搂出来，只是想到了就顺口说出来了——若回到一个世纪以前，类似的言论肯定更激烈，更直接。若回到1828年，一个想写作的年轻女子，如果做到不去理会世人对她的冷落、怠慢、责难和名利的诱惑，该有多么强大的意志力啊！她只有到了山穷水尽的地步，心怀一腔孤勇，劝慰自己说，他们至少无法用金钱玷污文学。文学世界对所有人开放。就算你是学监，我也不允许你把我从草坪上赶走。图书馆的大门可以锁上，但你永远也无法用大门、铁锁和门闩锁住我自由的灵魂。

但是，无论这些责难和批评对女性写作产生了何种影响——我相信肯定很大——这种影响与她们（这里指的仍是19世纪初的女性小说家）在将思想付诸笔端时，所遭遇的另一个困难相比，不值一提。这个困难便是，她们找不到像样的文学传统来继承，或者说这个传统由于历时太短、不够完整，对她们没有什么助益。因为身为女性，她们只能通过自己的母辈来回望历史、追溯过去。不管伟大的男作家们可以带给她们多少乐趣，可要是想从他们身上求得帮助，恐怕希望会落空。兰姆、布朗宁、萨克雷、纽曼、斯特恩、狄更斯、德·昆西——不管是谁——他们之中没有一个会给予女性实质性的帮助，顶多提供些撰文的雕虫小技。男性思维的深度、宽度和节奏与女性相去甚远，因此女作家无法从中学到实实在在的东西。即使想依葫芦画瓢，也画不全。落笔时，她首先发现的可能就是没有现成的男女通用的句式供她使用。所有的小说巨擘，像萨克雷、狄更斯、巴尔扎克，他们的文风都十分淳朴自然，节奏轻快却不轻浮，文字富有表现力却不矫揉造作，个人特色突出又为大众所喜爱。他们使用的就是当下最时兴的句式，19世纪初流行的时髦句子大概是这样的："他们的作品之所以气势宏大，就在于他们自始至终都在为自己的论点而雄辩，没有踌躇不前，只有奋勇前进。没有比艺术实践、创造无限的真与美而令他们兴奋和满足的了。成功催人奋进，而习惯助人成功。"这就是典型的男人的写作风格，透过句子结构，我们还能看到约翰逊、吉本[1]等其他男作家的身影。但这种男性语句并不适合女性来用。尽管夏洛蒂·勃朗特拥有非凡的写作天赋，但写起这样的句子仿佛手握一把笨重的兵器，以致走起路来都踉踉跄跄、跌跌撞撞。这把兵器到了乔治·艾略特手里，简直就是在荼毒生灵。到了简·奥斯汀这里，她轻蔑地瞧了一眼，随即为自己量身制作了一种自然流畅、工整优美的句式，并终生使用。要论写作天分，简·奥斯汀不如夏洛蒂·勃朗特，但她用自创的句式表达出了无限丰富的内容。既然艺术的精髓就在于自由、

1　爱德华·吉本（1737—1794），英国历史学家，《罗马帝国衰亡史》一书的作者，在伍尔夫《远航》中被多次提及。

充分的表达方式，那么女性写作传统的缺失、表达手段的匮乏势必会有害于女性的创作。况且，一本书并非简单地由一个一个句子首尾相接而成，说得形象些，它像由句子搭建起来的拱廊或穹顶。因此，毫无疑问，自古以来，文学形式的构架也是为迎合男性的需求而搭建的，仅供他们自己使用。也没有证据表明，史诗和诗剧这两种文体比这种句式更适合女性写作。当女性进入文学创作这个行当的时候，所有传统的文学体裁都已发展成熟并且定型了。只剩下小说这一种文类刚刚发端不久，还有被她们塑造打磨的余地——这也许是她们选择小说的另一个原因吧。只是到目前为止，谁能确定，“小说”（打上引号是因为我认为这个词并不准确）这种迄今最灵活的形式，就已经完美地契合了女性的使用需求呢？所以，只要她手脚灵便，就会不停地锤打锻造它，以期日后为己所用。兴许她们会发明出某种新的文学工具，未必是韵律，来抒发心中充盈的诗情。因为，她们毕竟还没有找到书写诗意的合适载体。于是，我接着琢磨，现今的女性该如何创作一出五幕悲剧，是用韵文，还是用散文？

然而，以上的问题过于艰深，答案被迷雾所笼罩，我只得留给后人去解决了。如若继续纠缠下去，就会偏离主题，误入森林腹地，最终被野兽吞掉。我不愿，肯定你们也不想让我继续就“小说的未来”这个无聊的话题瞎扯了。所以，今天我在这里浅谈几句，就是要提醒你们，对于未来的女性作家而言，生理条件至关重要。书的体量多多少少应该与作者的体格成正比。我不妨大胆推测，与男作家的小说相比，女作家的小说篇幅会更短、主题更聚焦、结构更紧凑，这样她们就不需要长时间保持在一个安静不被打扰的写作环境中了。要知道，打扰总是不可避免的。再者，男性与女性就生理构造而言，为大脑输送营养的脑神经不同，要想让大脑充分、高效地运转起来，就必须找到正确的方式——举个例子，几百年前僧侣发明的长达数小时的演讲，是否适合女性大脑的工作方式？——而且怎样平衡工作与休息，才能让大脑得到最大限度的发挥？这里的休息指的不是无所事事，而是做些工作之外的事情，那么事与事的区别又是什么？所有这些问题都有待继续探讨和发掘，这些问题也都属于“女性与小说”这个话题的范畴。但是，我又踱步到书架前，陷入沉思，到哪里才能找到由女性学者撰写的女性心理研究呢？如果女性踢不好足球，就剥夺她们的学医资格——

很好，我又有了新的思路。

第五章

就在我思绪翻飞的时候，不知不觉来到了寻找女作家之旅的终点站。我走到摆着当代作家作品的书架前，这些作品有女性写的，也有男性写的，几乎可以平分秋色。但由于男人始终比女人健谈，这种说法可能不太准确，但我能确定的一点是，女性不再只写小说了。因为我的书架上有简·哈里森写的希腊考古学丛书[1]，弗农·李[2]写的美学论丛，格特鲁德·贝尔[3]写的波斯游记。比起上一辈，当代女性的作品已经囊括了各种主题和体裁，有诗歌、戏剧、文学评论、史书、传记、游记、学术研究论著，甚至

1 哈里森出版了许多关于这一主题的书籍。伍尔夫的书房里有她所写的《古代艺术与仪式》和《希腊宗教研究的序曲》。

2 弗农·李是瓦奥莱特·佩吉特（1856—1935）的笔名，写过散文、小说和许多美学书籍。

3 格特鲁德·洛西安·贝尔（1868—1926），游记作家、考古学家和政治家。

还有关于哲学、科学及经济学方面的著作。虽然小说仍占主流，但通过与其他文学体裁的融合，本身也不断地在演变发展。女性在写小说时不再运用天然质朴、不加修饰的写作方式，所以类似史诗般的小说不复存在了。女作家通过广泛阅读和文学批评，拓宽了视野，提升了洞察力。把小说当作自传和自我书写的冲动消失了，她们开始真正视小说为一门艺术。当代这些新出版的小说也许能解决之前提出的问题。

我从书架的最远端随机取下了一本，书名是《人生的冒险》，作者是玛丽·卡迈克尔[1]，今年十月份刚刚出版。这似乎是她的首作，可我对自己说，得把这本书当作一套女作家系列丛书的最后一卷来读，这样便可以承前启后，接续我之前提及的所有作品——温切尔西夫人的诗歌、阿芙拉·贝恩的戏剧，以及四位知名女作家的小说。因为作品与作品之间应该是继承和发展的关系，只不过我们习惯把它们分开单独评论。因此，我也应该将她——这位名不见经传的女性——视为之前所提及的所有女作家的继承者，对于她们的际遇我多少有所了解，故看看玛丽·卡迈克尔传承了多少她们的创作特点和局限。于是，我坐下来找出纸笔，记下我对玛丽·卡迈克尔第一部小说《人生的冒险》的看法。可小说往往是一服镇痛药而非解毒药，只会让人神经麻痹、

1　玛丽·卡迈克尔是玛丽·斯托普斯（1880—1958）的笔名，英国计划生育的倡导者。

昏昏欲睡，而不是像烧红的烙铁让人一激灵，想到这个，我就不由得叹了口气。

首先，我快速浏览了一页，要先弄清楚这些句子的大意，我提醒自己。然后再记住哪个人物是蓝眼睛，哪个是棕色的，以及克洛伊和罗杰可能会是什么关系。不过顶顶重要的是，我必须先看清楚，玛丽·卡迈克尔手里拿的是笔还是锄头，才有时间留心那些细节。接着，我挑了一两句话念了念，立马就发觉有些不对劲。句与句之间的连贯性被打破了，读的时候，这儿刺你一下，那儿挠你一下，时不时蹦出的一个字像燃烧的火焰，差点灼伤我的双眼。按照古典戏剧的说法，玛丽·卡迈克尔是在“解放天性”。她仿佛使劲划着一根永远划不着的火柴，出现在我面前，我不禁问道，你为什么觉得简·奥斯汀的句子不适合你？难道是因为随着爱玛和伍德豪斯先生[1]的死亡，她的句式也应该被遗弃？唉，我又叹了口气，难不成真是这样。简·奥斯汀的句了如同莫扎特的协奏曲，起承转合如行云流水般，衔接得顺畅自然。而读这本书，仿佛坐在一只没有任何遮拦的小船上，被巨大的海浪拍打着，浮浮沉沉。这些简洁、短促的句子或许在暗示作者有所顾虑，多半是担心被贴上“多愁善感”的标签，因为之前女作家的作品总被视为绣花枕头。玛丽·卡迈克尔对此非常介意，于是

1 分别是《爱玛》的女主人公和其父亲。

就往里面丢了一大把荆条。只有认认真真地阅读作品中的某个片段，才能判断作者是否在模仿别人。不管怎样，细细品读过后，玛丽·卡迈克尔的书并不显得沉闷，只是她在里面堆积了太多内容，对于这部小说的篇幅而言（《人生的冒险》只是《简·爱》的一半），显然是过剩的。最后，她还是找到了个方法——将罗杰、克洛伊、奥莉维亚、托尼，还有比格姆先生硬塞到一条逆流而上的独木舟里，任凭风吹浪打。不行，我向后靠在椅背上，陷入沉思，在做下一步结论之前，我得再整体地考虑一番。

现在，我几乎可以肯定，玛丽·卡迈克尔是在戏弄读者。在读这本书的时候，我感觉自己就像乘坐一列急速前进的火车，行驶在高低起伏的丘陵上。本以为列车要俯冲向下，却来了个急转弯，继续向上攀爬。玛丽扰乱了读者的预期反应，她先打散了句子结构，又打乱了段落逻辑。那好吧，只要她不是纯粹为了搞破坏，而是为了搞创新，完全有权利这么写。至于她到底是搞破坏还是搞创新，我还不能确定，需要让她自己去设定一个小说场景。她可以从心所欲地选择任何材料来构建这个场景，哪怕是几个锡罐或破茶壶，但她必须让读者相信，作者对这个场景的真实性是认可的。在设定好之后，她还必须审视它，并且能全情投入。于是我打定主意，只要她能履行好作者的义务，我就能履行好做读者的责任。然后我就翻到下一页，读了起来……很抱歉突然就停了下来，我得先确定一下，我们这个地方没有男人在场吧？你们能保证那块红窗帘后面没有藏着查特莱斯·拜伦爵士[1]？在座的都是女同胞吧？那么，我把接下来的句子读给你们听——“克洛伊喜欢奥莉维亚……”先别起哄，先别害羞。我们私底下可以承认这个事实，那就是，有时女人是会喜欢女人的。

“克洛伊喜欢奥莉维亚”，我读着这句话，身体好像突然被电击了一下，猛然意识到，这将给文学史带来一次巨变。“克洛伊喜欢奥莉维亚”，这在文学世界里可是一件前所未有的事。如果克莉奥佩特拉喜欢上了奥克塔维娅，那么《安东尼与克莉奥佩特拉》的故事将会发生翻天动地的变化。就这一点，我想暂且把《人生的冒险》搁置一下，稍稍偏个题。我不妨斗胆说一句，《安东尼与克莉奥佩特拉》的整出戏被简化了，而且落入了俗套，变得荒唐可笑。克莉奥佩特拉对奥莉维亚唯一的情感就是嫉妒，奥莉维亚心里只会琢磨，她的个头是不是比我更高，她的发型是怎么梳的，这部剧或许不需要很多情感，但倘若把这两个女人之间的关系描绘得更复杂些，那该多么有趣啊！我迅速在脑子里将所有小说中的女性形象过了一遍，认为，虽然这些女性夺目耀眼，但她们之间的关系都过于单一，存在大量留白，有太多细节等待作者去挖掘。我努力回想着所读过的书，试图寻找描

1 查特莱斯·拜伦爵士（1863—1940）是对拉德克利夫·霍尔的小说《孤独之井》进行审判的首席法官。

写两个女人之间友谊的例子。好像只有《十字路口的戴安娜》[1]有所尝试。在拉辛的戏剧和希腊悲剧中，女人可以成为密友，但绝大多数情况下，她们是母女关系。不过几乎无一例外的是，女人之间的关系只能靠穿插在男人之间的关系中得以呈现。想想真是奇怪，在简·奥斯汀之前，读者都是透过男人的眼睛，来审视小说中所有的伟大女性，并且她们的存在也都依附在与男人的关系之上。而两性关系在女性生命中却只是微乎其微的一部分。男人狭隘的性别观念给他们戴上墨色或玫瑰色的眼镜，导致他们对女性及两性关系知之甚少，以至于歪曲变形。也许归咎于此，他们笔下的女性都非常怪异；她们时而美得倾国倾城，时而丑得面目可憎，时而如天使般善良，时而如魔鬼般邪恶——随着情人爱意的增长或消退、财富的积累或锐减，他眼中的女性形象也在不断变换着。到了19世纪，情况就不完全一样了，小说家笔下的女性形象明显更多元，更立体了。大概是描写女性的欲望愈加强烈，导致他们不同程度上摒弃了诗剧，因为诗剧中的戏剧冲突过于激烈，没有足够的空间留给女性角色，于是他们发明了小说这种新的文学体裁，以更好地迎合需求。尽管如此，从普鲁斯特的作品中，我们也不难看出，男性对女性的了解有限且偏颇，反之亦然。

1　乔治·梅雷迪斯（1828—1909）的一部小说。

女性除了喜欢不停地做家务之外，也像男人一样，培养了其他的爱好，这个事实日渐明显。“克洛伊喜欢奥莉维亚[1]，”我接着上句继续读，“她们共用一间实验室……”我往下读，这两位年轻女士正忙着切猪肝，据说这是治疗恶性贫血的良药。她们中的一位已经结婚，并育有——我如果计算无误的话——两个年幼的孩子。但是这些细节不能保留在小说里，必须删除，因此，本该神采奕奕的女性形象就这样变得过于呆板，过于乏味。我们打个比方，假使文学作品中的男性人物只有一个身份，那就是女人的恋人，不是朋友的好哥们儿、士兵、思想家、梦想家，那么莎士比亚在剧里能分给男性的角色就会少得可怜，文学就会受到重创！这样的话，读者能看到完整的奥赛罗和安东尼，至于恺撒、布鲁特斯、哈姆雷特、李尔王和杰奎斯，就无缘看到了——文学会贫乏得令人难以置信。而事实上，将女性拒之门外的文学世界早已荒凉萧瑟，同样超出了人们的想象。女人们只凭媒妁之言就嫁了人，终日待在家中，操持家务，这让剧作家如何将她们塑造得丰满，生动，哪怕是真实？于是他们只能通过描写爱情来表现女性形象。诗人要么激情澎湃，要么愤愤不平，除非选择“仇视女人”，而这又意味着他对女人毫无吸引力。

那么，如果克洛伊喜欢奥莉维亚，并且两人共用实验室的情

---

1 也许伍尔夫在这里想到了《第十二夜》中的变装角色。她在这一时期刚写完了《奥兰多》，在这部小说中，同名角色在跨越时空的几百年间也变换了性别。

况会让她们少受私人生活的影响，进而令友谊升温且持久；如果玛丽·卡迈克尔懂得如何写作，而且我慢慢喜欢上了她写作风格的某些特点；如果她有一间属于自己的房间；如果她有五百英镑的年薪，这点我不太确定——这个有待证实——那么我认为，有一件意义非凡的事情已经发生了。

因为，如果克洛伊喜欢奥莉维亚，并且玛丽·卡迈克尔懂得如何表达两人的情感，那么作者就好像在一间巨大的尚未有人涉足的洞厅里[1]点燃了一把火炬。她在忽明忽暗的火光下四下打量，深一脚浅一脚地向前摸索着，只能隐约看到前面是弯弯曲曲的洞道，不知将会通向何方。于是，我将视线收回，继续读这本小说。书里写道，在克洛伊的注视下，奥莉维亚把一只罐子放在架子上，解释说该回家照顾孩子了。我惊叹道，自世界诞生之日起，这样的场景可是从未有人描写过。我也非常好奇地注视着这一幕，因为我想看看玛丽·卡迈克尔是如何描绘这两个女人的肢体动作，探究她们一言半语背后的念头。只有当男人不在场，不被他们带着偏见的狭隘目光所审视，那些动作和话语才会显现，就像飞蛾投在天花板上飘忽不定的暗影。我边读边想，玛丽·卡迈克尔若想做到这一点，就必须屏气凝神，因为女性的戒备心很重，又惯于隐忍克制，只要觉察到身边有人悄然接近，哪怕是无

1　参见伍尔夫对俄罗斯小说中的“人物”的描述：“我们下到一个巨大的山洞里，灯火闪烁；我们听到大海的隆隆声；一切都是黑暗、可怕和未知的。”

心一瞥，就会迅速仓皇回避。我假装玛丽·卡迈克尔就在面前，对她说，你唯一能做的，就是嘴上说点不相关的事情，两眼盯着窗外，手上却飞速地做着笔记。要用最简洁的速写法，就是用辅音字母代替整个单词，来记录发生在奥莉维亚身上的事情。当她——这个隐匿在巨石阴影下长达百万年的生命体——感觉到有一束光照到自己身上，看到有一份奇怪的食物递到自己面前——那是知识、奇遇和艺术，于是伸长手臂去够。我再一次将视线从书本上移开，想着，卡迈克尔必须利用自己的聪明才智发明一个新办法，既能够完全吸收新的食物，又不与旧食物相生相克，也不会破坏这个生命体极其精妙复杂的平衡。

哎呀，我又违背了本意，做了不该做的事情；开始不假思索地赞美女性。什么“聪明才智”“极其精妙”——这些无疑都是溢美之词，可是一旦用在自己的同性身上，就显得既虚伪又愚蠢。更何况在这种情况下，怎样证明她们确实值得赞美呢？总不能指着地图说，哥伦布发现了美洲，哥伦布是个女人；或者拿起一颗苹果说，牛顿发现了地心引力定律，牛顿是一个女人；或者望向天空说，天上的飞机是女人发明的。墙上没有刻度尺，来标记女人的准确身高。也没有精准到毫厘的码尺，来测量一个母亲有多么慈爱，一个女儿有多么孝顺，一个闺蜜有多么忠诚，一个家庭主妇有多么能干。即便到现在，女性能进入大学深造的占极少数，更不用说进入各行各业，比如陆军、海军、商业、政治以及外交领域，接受磨砺。甚至到此时此刻，女性也只是一个模糊的整体。但是，要是我想知道世人对霍利·巴茨爵士的各种评价，只需打开《伯克贵族年鉴》或《德布雷特贵族年鉴》[1]，就能知道他获得了一个又一个学位，拥有一处庄园府邸，有一个继承人，是某董事会的秘书，曾出任大英帝国驻加拿大总督。此外，他还被授予众多的学术头衔、官职、勋章以及其他奖章，这些代表着霍利·巴茨爵士不可磨灭的荣誉。他的资料如此之多，恐怕除了上帝，再也没有人知道得更多了。

所以，当我夸赞女性有“聪明才智”又“极其精妙”之时，却无法在《惠特克年鉴》《德布雷特贵族年鉴》或大学年鉴中找到佐证。面对如此尴尬处境，我该怎么办？于是，我再次望向书架，看到很多名人传记：约翰逊、歌德、卡莱尔、斯特恩、考珀[2]、雪莱、伏尔泰、布朗宁以及其他人的传记。开始思索，这些名人或多或少都曾仰慕过女人，追求过女人，与她们共同生活过，向她们吐露心声，与她们同床共枕。他们书写过女人，信任她们，这些行为表现出他们对女性的某些特殊需求和依赖。我认为这些关系不都是纯粹的柏拉图式的关系，威廉·乔因森·希克斯爵士[3]应该也会否定。倘若坚持认为，这些伟大的男性只不过想

1 两部都是参考著作，每年出版，涉及英国贵族和地主贵族。

2 威廉·考珀（1731—1800），诗人和圣歌作家。

3 威廉·乔因森·希克斯爵士（1865—1932），布伦特福德第一子爵，当时的内政大臣，以其反动观点而闻名。

切地拿出测量尺来证明自己比女人更“优越”，则是件令人捧腹的事。

我的思想仍盘旋在书本上方，心想，玛丽·卡迈克尔若想完成这部作品，还需要继续观察。我生怕她一不留心就变成了我认为不怎么有趣的一类作家——自然主义小说家，而不是真正会思考的小说家。世上有太多新鲜事物有待她去观察、发觉，她不必将自己困在中产阶级的豪宅里。她应本着友爱的精神，而非心怀悲悯和优越感，走进那香气刺鼻的小屋。里面坐着交际花、妓女，还有抱着哈巴狗的女士。她们仍被粗制滥造的成衣包裹得严严实实，这都是男作家们硬搭在她们肩头上的。而玛丽·卡迈克尔就会拿出她的剪刀，根据她们的身形量身剪裁，让衣服贴合每一处曲线。当她们的真实样貌一点点显露出来之后，该是多么奇妙的场景啊！不过，我们还得耐心地等一等，由于受到传统性观念的荼毒，玛丽·卡迈克尔仍会因内心“原罪”的自我审视而踌躇不前，她的脚上依旧戴着锈迹斑斑的阶级脚镣。

不过，大部分女性既不是妓女，也不是交际花，更不会在炎热的夏天，用一块布满灰尘的天鹅绒布裹着哈巴狗，就这么坐一下午。那她们都做些什么呢？我的眼前浮现出一条蜿蜒曲折的河流，河的南岸遍布着多条长长的巷子，密密麻麻的房子里住满了人。我开始发动想象力，看到一位年长的妇人被一位中年女子搀扶着，她们应该是母女俩，正缓步穿过街道。她们的靴子和毛皮大衣都非常地讲究，在午后如此盛装打扮，一定成了她们日常生活的一种仪式。每当到了夏季，这些衣物便被妥帖地收纳起来，放在装有樟脑丸的衣橱里。她们穿过街道时，街灯依次被点亮（黄昏时分是她们一天中最喜欢的时段）。想必她们每天都是这么度过的。那位老妇人年近八旬了，如果被问到她人生的意义是什么，她或许会说，她记得巴拉克拉瓦战役[1]结束后，街头巷尾点燃的灯火。还记得为庆祝爱德华七世的诞生，海德公园鸣放过的礼炮[2]。如果再让她回忆这两件历史事件的具体日期和季节，或说说1868年4月5日和1875年11月2日都做了什么事情，她就会一脸茫然地回答，什么都不记得了。年复一年，日复一日，她要把饭菜做好；把锅碗瓢盆刷干净；将孩子们送进学堂，然后目送他们到外面闯荡。她所做的这些事没有留下任何的痕迹，一切都烟消云散了。传记史书上没有一个字曾提及她，而小说则会不可避免地歪曲她的形象，即便不是有意为之。

所有这些面目模糊的无名之辈都有待被记载下来，我对玛丽·卡迈克尔说，仿佛她还在我面前。我的思绪继续穿行在伦敦的大街小巷，要凭空想象出那些从未被记载过的女性的生活，那种压力是无声的、经年累月的。站在街角的女人双手叉着腰，肥大肿胀的手指头上深深地嵌着几枚戒指，说话的节奏带着莎士比

1 1854年10月克里米亚战争期间的一场战斗。

2 爱德华七世生于1841年11月9日。王室人员出生的传统标志是鸣四十一响礼炮。

亚戏剧的韵律；卖紫罗兰的女孩，卖火柴的商贩，坐在门洞里的老妪；商店里走来走去的女售货员，她们的面庞犹如日光和云雾下的海浪，映照出橱窗内闪烁的灯光，预示着男男女女即将进入店内。我对玛丽·卡迈克尔说，你得握紧手中的那把火炬，这些人都值得你努力去探索。首先，你必须用它照亮自己的灵魂，看清自身的深刻与浅薄、虚荣与慷慨，认清美貌或平庸对你都意味着什么。你要知道，你与这个日新月异、变动不居的世界是什么关系。比如，你与这个布料市场有什么关系，它是一条有拱顶的长廊，地板是人造大理石铺就的。商店里挂着各式各样的手套、鞋子等服饰，化妆品的瓶子里散发出淡淡的香气。我想象自己走进一家商店，脚下是黑白相间的地砖，墙上挂着五彩斑斓、异常美丽的丝带。我思量着，如果玛丽·卡迈克尔经过这里，必定会驻足欣赏，因为这一场景不亚于安第斯山的巍峨雪峰和岩石峡谷，都适合被写入小说中。我还看到柜台后面站着一个女孩——我想了解她的真实人生，就像读第一百五十个版本的拿破仑传记，或者第七十部济慈的学术论著，或者老教授Z之流关于济慈是如何运用弥尔顿式倒装句的研究。然后，我小心翼翼地踮起脚尖凑到玛丽·卡迈克尔的耳边（我非常胆小，害怕像上次那样，差点被鞭子打到肩膀），小声地说，面对男性的虚荣——这个词要比怪癖更温和一些——你要学会一笑了之，不要介怀。每个人的后脑勺上都有一处一先令大小的疤，这个部位自己永远无法看到。两性之间互相帮助的具体表现之一，就是向对方描述后脑那块一先令大小的盲区。想想女性从尤维纳利斯[1]的讽刺和斯特林堡[2]的批评中，获得了怎样的“裨益”。再想想，从古至今，男人就持之以恒地揭露女性后脑的那块黑斑，他们真是“仁慈又聪明”啊！假如玛丽足够勇敢，足够诚实，她就会走到男性身后，向我们描述她所观察到的一切。除非女人描述出男人那块硬币大小的疤，否则，我们无法画出男人真实完整的肖像。伍德豪斯先生和卡索邦先生[3]就是整个男性群体的那块黑斑。当然，任何精神正常的人都不会怂恿她去故意揭人伤疤——文学史表明，在这种心境下创作出来的作品皆为下品。人们常说，只要保持真诚的创作态度，结局总会令人惊喜。有趣的内容必然会越来越多，新的史料必然会被发现。

不过，是时候把目光收回到书本上来了。与其不停地猜测玛丽·卡迈克尔会怎么写、该怎么写，不如看看她到底写了什么。于是，我重新开始读这部小说。我记得曾对她有所不满，因为她

1　尤维纳利斯（约60—约140），罗马诗人。他的第六篇讽刺诗是对妇女和婚姻的诽谤。

2　约翰·奥古斯特·斯特林堡（1849—1912），以《朱莉小姐》而闻名的瑞典剧作家。在该剧的前言中，斯特林堡将女主人公描述为一个“恨男半女”，“一种在剧中越来越成功的人物类型，现今为了权力、首饰、荣誉、文凭而出卖自己，就像以前为了钱一样，而这种人物类型代表了堕落”。

3　卡索邦先生是乔治·艾略特的小说《米德尔马契》中的一位老牧师，与女主人公多萝西结婚后，写了一本书，书名为《所有神话的钥匙》。

破坏了简·奥斯汀的句式，让我找不到机会炫耀自己无人能及的品位及挑剔的耳朵。如果我说“是的，对，这写得确实不错；不过简·奥斯汀写得更好”，这是毫无意义的。因为我必须得承认，两人没有任何的共同之处。不仅如此，玛丽·卡迈克尔进而打乱了段落的结构——读者预期的句子逻辑顺序。也许她不是有意为之，只是从女性的视角还原事件发生的真实次序。如果她确实像女性那样去写作的话，也必然会这样写。然而，成书却多少令人困惑；书中看不到任何波澜，读者也不知危机潜藏在何处。因此，我也找不到机会吹嘘自己对情感的细腻把握和对人性的深刻了解。每当我读到熟悉的桥段，即将生发出相应的情感时，比如爱情、死亡，却被硬生生地憋了回去，因为关键的节点迟迟无法来临。如此一来，她害得我无法高调铺陈诸如“基本情感”“人类的共性”“心灵深处”等论调，而正是这些词句让外人看来，不论我们有多么聪明伶俐，骨子里都非常严肃认真、富有同情心。但是玛丽·卡迈克尔正相反，她让我觉得，我们一点也不严肃认真，毫无同情心——这个说法确实比较刺心——反而思想懒惰、泥古不化。

我还是继续往下读，并注意到另一些实情。玛丽·卡迈克尔并无多少“才情”——这点毋庸置疑。她没有继承伟大的先人如温切尔西伯爵夫人、夏洛蒂·勃朗特、简·奥斯汀、乔治·艾略特的优点，比如对大自然的敬畏之心、喷薄的想象力、狂放的诗情、过人的才智及深沉的智慧。她也不像多萝西·奥斯本，写下音律优美、端庄雅致的句子——实际上，她顶多是一个聪明孩子，她的书肯定不出十年就会被出版商捣成纸浆。但是，比起半个世纪前的女作家，尽管她的才华略逊一筹，她仍具备她们所没有的优势。那就是，对她而言，男人不再是阻挠她写作的“敌对势力”，不再是她的对立面；她无须花时间指责他们，也不用爬到屋顶眺望远方，因奢望外出旅行、人生体验、大千世界和各色朋友，而打破内心的平静。她心中的恐惧和怨恨几乎消失了，只有在她书写自由时，表现得过于喜悦；或在描写异性时，更倾向于用尖酸刻薄的口吻，而非浪漫情怀，她的恐惧和怨恨才会稍加显现。毋庸置疑，作为一名小说家，她具有得天独厚的优势。她的感知力宽厚、真挚且敏锐，能觉察到任何的风吹草动，并及时作出回应。她像一株破土而出的幼苗，贪婪地欣赏着周围的每一处风景，聆听每一种声音。她极其小心又好奇地探索着这个未知世界和未被记载的事物。她将读者的注意力引到不起眼的事物上，并让我们相信，其实它们并不普通。她让尘封已久的事物重见天日，令我们不禁质疑为何要暴殄天物。尽管她有些憨直，无法像萨克雷或兰姆那样，不用刻意模仿便能与古老的文学传统自然相接，无须勤奋练习就能写出优美动听的句子。但她已经——我开始觉得——学到了重要的第一课，即以女性视角进行创作。身为女人，但与此同时，又不刻意强调女性身份。因此她的字里行间充满了奇特的两性特征，只有当人没有性别意识时才会进入这种状态。

一切都朝着好的方向发展。然而，除非她利用捕捉到的转瞬即逝的印象和个人情感，构筑起一座屹立千年而不倒的宫殿，否则，即便感情多么丰富、洞察力多么细腻，都不著见效。我曾说过这样一句话，我会等到她真的遇到这么“一个场景”。我的意思是，要等她开动脑筋、振作精神，来证明自己并非只关注表象，而会洞察事物的本质。之后，她会在某个时刻对自己说，就是现在，我无须义正词严，就能揭示这一切的意义。接着她便开始——说时迟那时快——开动脑筋、才思敏捷，那些险些忘记的琐碎之事，以及其他章节漏掉的细节，又重新浮现在她的脑中。当她描写某个人缝补衣服，或抽着烟斗，这些细节会非常自然地出现在读者面前。随着她的笔触，我们仿佛登上世界之巅，一览众山小，这是何等宏伟壮观。

不管怎样，玛丽·卡迈克尔正不断进行着尝试。我亲眼看着她努力迎接一个个挑战，同时也看到（希望她没有注意到）那些主教、学监、博士、教授、族长还有老学究，都在朝她大声叫嚷着，不停地发出警告或提出建议：你不能做这个，你不能做那个！只有研究员和学者才被允许踏上草坪！没有介绍信，女士不得入内！志向远大、端庄优雅的女小说家应该这样写！他们像赛马场围栏外一群赌马的观众，不停地催促着她快点跑，而跑道上的玛丽·卡迈克尔必须目不斜视，策马扬鞭越过重重障碍，这便是对她的考验。于是我也冲她喊道，千万别停下来骂他们，否则你就会输掉比赛；也别停下来嘲笑他们，否则后果都一样；你要是稍有迟疑，动作变形，你就完了。你心里只想着怎么跳过去，我的声音里满是哀求，好似所有的家底都押在了她的身上。接着，她敏捷地越过了栏杆，轻盈如一只小鸟。可是，仍有无数的栏杆挡在她的面前。而那群看客的掌声和叫喊令她神经紧张，我担心她无法坚持到底。总之，她已经拼尽全力了。考虑到玛丽·卡迈克尔不是一个天才，她只是个无人问津的小姑娘，在没有优越的物质条件下，比如时间、金钱和精力，在自己的客厅兼卧室内写下了第一部小说，我想，已经相当不错了。

读到小说的最后一章，我得出了一个结论：再给她一百年的时间吧——客厅的窗帘被拉开，人们的鼻子和肩膀裸露在星光下——给她一间自己的房间和每年五百英镑，让她畅所欲言，把原书的一半内容统统删掉。这样，总有一天，她会写出更精彩的作品。再过一百年，她将成为诗人。我一边想着，一边把玛丽·卡迈克尔的《人生的冒险》放回书架的最里面。

第六章

第二天清晨，十月的阳光透过窗户洒了进来，照得飞尘乱舞，外面的马路上传来嘈杂的车流声。伦敦这个大作坊又开始了新一轮的运转，厂房里骚动了起来，机器发出了轰鸣声。读完所有的书后，我忍不住向窗外望去，想看看1928年10月26日上午的伦敦是个什么样子。那么，伦敦城里的人们都在忙什么呢？似乎没有人在读《安东尼与克莉奥佩特拉》，看来，他们对莎士比亚的戏剧漠不关心。没人在意——我并不是责怪他们——小说的未来，诗歌之死，以及普通女性对散文的贡献（这种体裁能完全表达出她们的想法）。即使用粉笔把对上述问题的意见写在人行道上，也不会有人驻足查看。人们神情冷漠，步履匆匆，不消半个小时，地上的字迹就被蹭得干干净净。一会儿这里走过一个跑腿的男孩，一会儿那里走过一个牵着狗的妇人。伦敦街头的魅力就在于，找不到两个完全相同的人。每个人似乎都专注于自己的私事。有几位男士夹着皮包，像商务人士；有几个流浪汉拿着木棍，不停地敲着栏杆；也有些热心肠，把街道当成了聚会厅，不是跟马车里的人打招呼，就是主动给人提供各种消息。还有送葬的队伍经过，让路人突然联想到未来的某一天，自己也会被这么抬过去，不免纷纷脱帽致哀；一位气宇非凡的绅士缓步走下台阶，然后停了下来，以免与一位行色匆匆的夫人发生碰撞；这位夫人不知有何神通，身披一件华丽的毛皮大衣，手持一束帕尔玛紫罗兰。这些人看起来没有任何关联，都沉浸在自己的世界里。

就在这时，交通突然全部停滞了，这在伦敦是常有之事。道路上看不到一辆车，找不到一个行人。路的尽头是一棵法国梧桐，就在这万物静止的时刻，飘落下一片树叶。它仿佛是冥冥之中从天而降的一个信号，暗示我们要注意蕴藏在平时被人忽略的事物之中的力量。这片树叶似乎指向了一条无形的河流，它经由此处，在街角拐个弯，顺流而下，裹挟着路上的行人不断向前，亦如牛桥大学里，载着泛舟的学生和枯叶的河流。这时，这条无形的河流带来一位穿着漆皮靴子的姑娘，正从街对面斜穿过来。接着又来了一位身穿褐色大衣的年轻男子，随后开来一辆出租车，这三者恰好汇聚在我的窗下。出租车停了下来，姑娘和男子也停下脚步上了车，车子马上扬长而去，仿佛被水流冲走了。

刚才这一幕本来稀松平常，可奇怪的是，有了我的想象力的加持，这一幕看起来秩序井然。两人共乘一辆出租车这样的寻常街景，强有力地传递出这样一个事实，即两人看起来满心欢喜。看着车子掉头驶离，我想，两人沿路走过来，在街头相遇的场景，似乎也缓解了我紧张的情绪。我这两天一直在做一件费心费神的事，那就是尽力把男性与女性区别开来，这导致我的心智处于分裂的状态。但当看到两人相遇、一起进入同一辆出租车的时候，就不觉得伤神了，心智也统一了。人的大脑真是个神奇的器官，我一边想，一边把脑袋从窗外撤回来，虽然人们时时刻刻都离不开它，却对它知之甚少。我知道某些客观原因确实可以诱发人的紧张情绪，从而导致精神疲劳，可为什么大脑会出现各种分裂和对立的状态？所谓“心智的统一”又是什么意思？我陷入了沉思，显然，大脑可以强大到随时随地出现各种复杂情绪，似乎从不会保持单一的状态。人们可以与他人有不同的思考维度，例如，我从楼上的窗户俯瞰街上的行人，这让我觉得与他们拉开了距离。我们也可以与他人同步思考，例如，站在人群里共同等待一条消息的公布。我们还可以借助父辈或母辈的事迹来回顾过去，正如我之前所言，女性作家可以通过自己的母辈回溯往昔。但身为女性，她们往往会因意识的突然分裂而惊诧万分，比如，同样是人类社会文明的继承者，她们走在白厅街上，理应坦然自若，却在某个瞬间感到自己只是一个局外人，被他人排斥，受他人批判。不言自明，大脑的聚焦点总是不停地发生着变化，世界在不同的视角之下也随之呈现出多样的画面，因此，便也催生出不同的心境。有的心境虽是自发而成，却令人深感不适。人们为了维持这种心境，则会下意识地压抑自我，最终变得心力交瘁。而有些心境的维持却不需要人们压抑自我、劳心劳神。我从窗边走到屋内，心想，目前的心境或许就是其中的一种吧。因为当我看到这一男一女同时进入出租车内，原本分裂的大脑又自然地交融到了一起。显而易见，男性与女性本就应该和谐共处。即便毫无科学依据可言，人们内心深处都本能地认为，两性之间的结合才能令人得到最大的满足和最圆满的幸福。两人共乘一车的景象以及带给我的满足感，让我不禁产生这样的疑问，生理上有男女之分，是否相对应地，精神上也有男女之别？并且为了达到完满的幸福和满足，两性在精神层面上同样需要结合到一起？于是，我打算笨拙地描绘一番人类心灵的模样，每个人都受到两股力量的控制，一股是男性力量，一股是女性力量。在男人的脑中，男性力量自然占上风，而在女人的脑中，女性力量占主导地位。人最正常合宜的精神状态需要这两股力量和谐共生、互助合作。虽为男人，他必须发挥脑中那部分女性力量，身为女人，她也必须发挥脑中那部分男性力量。柯勒律治曾说过，一个伟大的头脑一定是雌雄同体，或许就是这个意思。只有这两股力量融合到一起，大脑才能得到充足的养料，发挥其最大的功能。我认为，不论是单一的男性化大脑，还是纯粹的女性化大脑，都缺乏创造力。想到这里，我觉得应该读两本书，看看什么叫作具有女性气质的男人，什么又叫作具有男性气质的女人。

一个伟大的头脑应是雌雄同体，柯勒律治这么说当然不是出于对女性的特殊关照或同情，也不是指这样的头脑有助于女性的事业，或成为她们的喉舌。他的意思或许是，与单一性别的大脑相比，雌雄同体的大脑更容易与他人产生共鸣，更有渗透力；它能不受阻碍地传递情感，并且具有天然的创造力，充满激情且浑然天成。尽管很难说清莎士比亚对女性的看法如何，但事实上，他的大脑就是雌雄同体的，他是具有女性气质的男人。假如说一个人的思维高度发达的标志之一，就是不特殊关照某一性别，或对不同性别一视同仁，那么要实现这一目标，如今要比过去任何时候都困难得多。于是，我来到当代作家的著作前，思忖道，难道这就是长期让我困扰的根源所在。在所有过往的时代中，当下是性别意识最尖刻的时代，大英博物馆中那些数以万计的男性评议女性的图书便是铁证。这一切都应归咎于女性的选举权运动，不仅激发了男性自我表达的强烈欲望，还特别彰显了他们的性别优势和性别特征。要不是受到了女性的挑战，他们是不会自寻烦恼去考虑这些问题的。可倘若他们一旦感觉自己受到了威胁，即便威胁是来自几个戴着黑色软帽的女性，就会即刻发动反击。假如他们是第一次遭受这样的挑战，就会肆无忌惮、变本加厉地加以还击。我也就明白了之前读过的书中，男性为何如此写作了。

我从书架上拿下A先生刚出版的小说，他正值创作的巅峰，评论家对他赞赏有加。我翻开这本书，说实话，之前读了那么多女作家的作品，再次阅读男作家的作品时，确实感到心情愉悦。因为相比之下，他们的文风直截了当，干脆利落。这正说明该作者不仅有人身自由，还有独立的思想，并且极度自信。他从小便家境优渥，营养充足，家教良好，没有经受过任何的困难和挫折，自打生下来就由着自己的性子自由成长，这让人看了极度舒适、暗羡不已。可是，读了一两章后，我突然发现书页上似乎横卧着一道阴影。这阴影是一道又黑又直的长条，形状类似大写的英文字母“I”。我只能想方设法地避开这道影子，才能看到其背后的景象，但还是弄不清那到底是棵树还是个行走着的女人。我的视线总是被拉回到字母“I”上，开始变得心烦意乱。虽然这个“I”最受人敬仰，诚实可靠，才思敏捷，像坚硬的果核被数百年的优良教育和营养打磨得光滑圆润。我打心底里尊敬、钦佩这个“I”。但——想到这儿，我翻看了一两页，打算寻找点别的东西——结果发现，最糟糕的事情发生了，书内的一切都被“I”的阴影所笼罩着，如坠五里雾中看不清形状。那是一棵树吗？不对，那是个女人。然而，她软弱无骨，我盯着菲比走过沙滩（菲比是这个女人的名字）。接着一个叫艾伦的人站起身来，他的身影立即遮蔽了菲比，这是因为他有自己的见解，菲比被他滔滔不绝的高见所淹没了。而且艾伦还非常有激情，我非常快速地翻动着书页，心里预感着故事的高潮即将发生。果不其然，就发生在光天化日的沙滩上，一点遮拦也没有，场面异常激烈，简直是史上最不堪入目的画面。但是…… 这个词我说了太多次了。我不能老“但是”个不停，无论如何我得把这个句子说完，我不由得责怪起自己来。我该把后面的词补全吗？“但是——我厌烦了！”可我为何会感到厌烦呢？部分原因就在那个无处不在的“I”上，它就像一棵高耸入云的山毛榉，遮天蔽日，树影之下寸草不生，一片荒凉。另一部分原因则多少有些隐晦。A先生脑中出现了什么故障，阻塞了他的创作源泉，本是喷涌不止的泉水，变成了涓涓细流。我一下子回想起很多事，如牛桥大学的午餐会，弹出的烟灰，马恩岛的无尾猫，丁尼生和克里斯蒂娜·罗塞蒂，这个故障应该就藏在里面。当菲比走过沙滩时，艾伦不再低声吟唱“一颗晶莹剔透的泪珠，从门前盛开的西番莲滑落”，而她也不再附和“我的心像只歌唱的鸟儿，把巢儿筑在水嫩的新枝上”。那么当艾伦走近菲比时，他能做什么呢？如青天白日般坦坦荡荡，如日出东方般天经地义，他能做的事就一件，实际上他也这么做了，而且是一而再（我一边说一边翻页），再而三。还有，虽然如此直率的话会令人感到不悦，我不得不补充一句，这样的情节多少有些无趣。莎士比亚的粗俗能消除读者心中一千件烦心事，一点也不会让人感到枯燥无味。更何况，他这么写只是出于好玩；而据护士们说，A先生这么写则另有所图，即为了维护自己的优越感而反对男女平等。因此，他才会觉得脑袋里像是堵了什么东西，处处受阻，压抑难耐，自我意识才会如此强烈。假如莎士比亚认识了克拉夫小姐和戴维斯小姐[1]，恐怕也会像A先生这样。如果妇女运动兴起于16世纪而非19世纪，那么伊丽莎白时代的文学必定会发生巨大的变化。

假使大脑是雌雄同体的这一理论说得通，这就意味着男性气质俨然成了男性的自我意识。换言之，他们写作时只动用脑中的男性力量。女性不该读他们写的这些作品，因为她们必定从中获取不到任何期待的东西。我认为，人们最缺乏的是启迪人心的力量。我拿起B先生写的关于诗歌艺术的评论文章，非常认真、非常恭顺地读起来。他的文章皆为上品，视角敏锐，引经据典，但遗憾的是，他的文字都是冷冰冰的，感受不到情感的温度。他的大脑就像被分成了多个隔间，彼此不通音讯。若将B先生写的某个句子择出来放到我们的大脑里，这个句子会像只僵直的虫子，重重地掉到地上——活活摔死了；若将柯勒律治写的句子放进去，它却会像细胞分裂一样，让人茅塞顿开，激发出各种各样的想法。唯有这种写作方法，才是人们眼中令作品千古流芳的秘诀。

不管是何种原因造成了男性的自我意识如此强烈，这确实令

1　克拉夫（1820—1892），教育家、女性教育活动家，剑桥大学纽纳姆女子学院院长。戴维斯（1830—1921），选举权活动家、女性教育活动家，剑桥大学格顿女子学院创始人。

人为此痛惜。因为这说明——这会儿我来到高尔斯华绥先生和吉卜林先生[1]所著的一排排作品前——人们对当代最伟大作家写就的最杰出的作品也充耳不闻。文学评论家们曾言之凿凿地向女性承诺，这些书里就蕴含着让艺术永葆青春的秘诀，可她们即便使出了浑身解数去找寻，依旧两手空空，一无所获。不仅是因为这些书赞美男性的品德，推行男性的价值观，描绘男性世界，更是因为书里所传递的情感是女人所无法理解的。明明离结局还很早，这些书就开始酝酿情绪了，仿佛乌云密布，一场大雨即将来临。比如他们的书里会出现这样的情节，一幅画即将掉到老乔里恩[2]的脑袋上，他会受惊而亡，老牧师会在他下葬时念几句悼词，于是泰晤士河上所有的天鹅都会为他齐声哀鸣。可是，这一切还未发生，女人们就四散而逃，躲进了醋栗丛中，因为这种感情对于男人而言，极其浓郁、微妙且具有象征意义，但女人却难以理解。同样令她们迷惑不解的还有吉卜林先生所塑造的众多人物，如转身离去的**军官们**、**播种的农民**、**埋头工作的男人**，还有那面**旗帜**——这些粗体字会让女性读者脸上一红，仿佛她们在偷听男人们的狂欢聚会时被当场撞见。实际上，不管是高尔斯华绥先生

1　鲁德亚德·吉卜林（1865—1936），诗人、短篇小说作家和小说家，以描写大英帝国而闻名。文中所提及的人物参见《年轻的英国士兵》《英国国旗》和《萨希布斯战争》。

2　在约翰·高尔斯华绥（1867—1933）的《福尔赛世家》中，老乔里恩是福尔赛家族的族长。

还是吉卜林先生，他们身上一点女性气质都没有。因此，可以得出以下推论，在女性眼中，他们生性粗鲁，头脑简单，无法启发人的心智。而一本书若不能给人启迪，无论它如何猛烈地撞击大脑皮层，也无法渗透到大脑深处。

我把这两位作家的书从书架上拿下来，一页没看，又一一放了回去，心情变得焦躁不安。我开始设想未来将会是一个男性独断专行的时代，正如教授们往来信件中所构想的那样（比如说，沃尔特·罗利爵士[1]的书信），而意大利的统治者已经将其变为现实。只要到了罗马，就会被那里无所不在的阳刚之气所震撼。暂且不管这无所不在的阳刚之气对这个国家有何助益，其对诗歌艺术的影响确实应该受到质疑。无论如何，根据新闻报道，意大利的小说现状已经开始让人担忧了，并且学者们以“推动意大利小说的发展”为题，召开了一次会议。“豪门贵族，以及商界巨鳄、工业巨头和法西斯集团头目”那日也参加了会议，共同商讨这一议题，并向国家领袖发了一份电报，祝愿“法西斯不久将迎来一位无愧于这个时代的诗人”。我们可以虔诚地发出祝愿，但诗歌不是鸡蛋，能直接从孵化器里孵出小鸡来。诗歌的孕育需要母亲和父亲的同时存在。我担心，法西斯主义诗歌会像小产早夭的畸形胎儿般恐怖，如同陈列在乡镇博物馆的玻璃罐里的怪胎。

1　沃尔特·罗利爵士（1861—1922），评论家和散文家。

据说这样的畸形儿寿命极短，没人见过这样的人在田间地头除草。长出两个脑袋的人注定活不长。

然而，倘若要迫切地找到造成这一情况的责任人，那么男性与女性都难辞其咎。不论是幕后推手还是改革派，都要承担相应的责任。例如对格兰维尔勋爵撒谎的贝斯伯勒夫人，向格雷格先生坦白一切的戴维斯小姐。凡是唤起读者的性别意识的人都应追责，当我想利用自己的才干进行写作时，正是他们逼我留意那个幸福年代的性别意识。那时，戴维斯小姐和克拉夫小姐尚未出生，作家们还在同时驱使着头脑中的男女两股力量进行创作。于是，话题又回到了莎士比亚，因为莎士比亚的大脑是雌雄同体的，济慈、斯特恩、考珀、兰姆和柯勒律治亦是如此。雪莱的大脑大概是没有性别之分，弥尔顿和本·约翰的男性气质就过于浓厚了，而华兹华斯和托尔斯泰亦然。在我们这个时代，普鲁斯特绝对是雌雄同体的，只是女性气质稍重一点，但这种细微的失衡无伤大雅。假使缺少这两股力量的糅合，理智占据主导地位，那么大脑的其他机能就会退化僵硬。但是，令人略感欣慰的是，或许这样的时代很快就会过去。我之前跟大家保证过，要将自己的思考过程一一展现出来，可我所讲的大部分内容在未来很可能会过时。因为你们年纪尚轻，我认为应该为之奋斗的东西，或许在你们眼中并不一定值得。

即便如此，我探身到写字桌旁，拿起写有“女性与小说”

这个题目的那张纸，我要写的第一句话将是：任何抱着性别意识进行写作的人，都会犯下大错。只具有女性气质或男性气质的作者，注定会失败。只有男性化的女人或女性化的男人，才有可能成功。女人但凡遇到任何的不公，只要发出一丁点儿的牢骚，都会铸成大错；即便自己有理，也会申诉无望；就连以女性的口吻说话都是致命的，“致命”这个词并非夸张的修辞手法，因为任何带有性别偏见的作品都将走向毁灭。也许这样的作品刚刚出版的那几天会令人觉得精妙无比，印象深刻，铿锵有力，像初绽的花朵一样。但由于缺少养分，到了夜幕降临之时，必然会凋谢，它无法在读者的内心生根发芽，开花结果。作者只有平衡头脑中的男女两股力量，达到两性灵魂上的完美融合，才能成就一件有创意的艺术品。如果作者想真切地传达自己全部的感受，就必须解放思想，敞开心扉，变得自由平和。而且在写作过程中，必须把窗户关死、窗帘拉严，不能传来一声刺耳的噪声，不能透进一丝刺眼的光束。我认为，作者分享完自己的经历之后，须得往椅背上一仰，闭上双眼，在一片黑暗中，庆祝大脑中这两股力量的结合。对于已经完结的部分，他不能回看和质疑。而应出去采撷玫瑰花瓣，或者看着天鹅安静地漂浮在河面上。这时，我脑海里再次浮现出那条推着小船、大学生和落叶前行的河流，以及那辆载着男人和女人的出租车。我看着两人穿过街道，会聚到一处，心想，车流推着他们驶向远方；听着远处伦敦街头的车笛声，心想，他们已经融入了滚滚的洪流中。

此时，玛丽·贝顿不再继续讲下去了。她已经告诉了你们她是如何得出的这个平淡乏味的结论——你们如果打算成为一名小说家或诗人，就必须拥有五百英镑的年薪，以及一间带锁的房间。她已经试图将产生这一结论的所有过程和感受都毫无保留地展示给了你们。她请你们跟随她的脚步，先是被学监拦住去路，接着吃完午饭和晚饭，到大英博物馆里涂涂画画，然后从书架上取书，又俯瞰窗外的景色。当她做着这一切的时候，你们肯定也注意到了她的过错和缺点，洞悉了这些会对她的判断起到什么作用。你们始终不认同她的观点，总是出于自身的利益，修正着她的论断。这无可厚非，因为在探讨“女性与小说”这个议题时，只有排除所有谬误之后，才能挖掘到真谛。那么在演讲结束之前，我自己再提出两点批评意见，这两点十分明显，你们肯定也已经发现了。

你们可能会问，就男女的性别优劣问题，我还没有以作家为例表达任何观点。我是有意而为之的，因为即便时机成熟，可以对此进行一番评判——现时现刻，与从理论的角度去阐释她们的能力相比，弄清楚女性有多少存款和多少房间要务实得多——就算时机成熟了，我认为，人的天赋，不论是才华还是品德，都无法像白糖和黄油那样能用仪器来衡量，哪怕测量的是擅长将学生分为三六九等，给他们戴上不同的学士帽，在他们的名字后面注明头衔的牛桥大学。我认为，《惠特克年鉴》里的那张尊卑序列表[1]无法体现出人价值的高低，它完全不合理。例如，根据这张表，当客人们步入宴会厅时，巴斯指挥官就必须跟在精神病鉴定司法官的屁股后面。所有挑拨两性之间以及不同身份之间的对立、斗争的行为，所有拔高自己、贬低他人的举动，都好比属于人类发展过程中的小学阶段。在这一初级阶段，人归属于不同的派系，对于他们而言，最重要的事情就是击败对手，最终获胜的一方走上台前，从校长手上接过一只极其精美的奖杯。随着人类不断成熟，他们不再盲从派别之争，也不再相信校长和他手中的那只精美的奖杯。再回到文学作品，众所周知，若要给它们贴上优劣的永久性标签，可谓困难重重。当下的文学批评不就一再地表明文学价值判断的难度之高吗？同一本书有时被称为“伟大的作品”，有时却被认为“毫无价值可言”。如此一来，褒奖还是诋毁就没有任何意义了。衡量是非曲直这种行为，如果作为一项消遣，确实有趣，但若作为一种职业，则毫无意义。而盲目迎合评论者的裁定，就是最卑微的行径。对于作者而言，最重要的是写下心中所想。至于这部作品是流芳百世，还是昙花一现，没有谁能盖棺论定。但是，如果因屈从于某个手握银杯的校长或袖中藏着量尺的教授，而减损自己一丝一毫的想象力，使眼中的光芒

1　此表规定了关于不同级别人员的到达、离开和就座的社会惯例。

有一分一厘的暗淡，都是对自己最可悲的背叛。相形之下，原被认为家产散尽、贞洁玷污这样的人间惨剧，就像被跳蚤咬了一口那么微不足道。

接下来，我想你们会反驳道，我的论证过于强调物质的重要性。即便我用象征手法来辩解，五百英镑的年金象征了思考的权利，而带锁的房间象征了思考的独立性，但你们依然会反驳说，人的思想不应受到物质的约束，比如伟大的诗人一般都一穷二白。你们的文学教授亚瑟·奎勒–库奇[1]比我更明白，是什么造就了一位诗人，接下来我将引述他的一段话：

“在过去的一百年里，都出现了哪些伟大的诗人？柯勒律治、华兹华斯、拜伦、雪莱、兰德、济慈、丁尼生、勃朗宁、阿诺德、莫里斯、罗塞蒂、斯温伯恩——先数到这里。这些人，除了济慈、勃朗宁、罗塞蒂外，都上过大学。而这三位中，只有济慈家境贫寒，英年早逝，如日中天的事业戛然而止。事实就是如此残酷且可悲：诗才并非一粒种子，可以无视土地的肥沃或贫瘠，飘到哪里都会生根发芽。十二位诗人中九位读过大学，这个事实说明，这九位一定是通过各种途径获得了当时英国最好的教育。大家都知道，其余三人中，勃朗宁的家庭条件较为优越。我敢这么说，假使他也出身贫寒，便写不出《扫罗》《指环与书》

1 《写作的艺术》，亚瑟·奎勒–库奇爵士著。——原注这样的杰作。罗斯金的情况亦如此，如果他的父亲商场失利，《现代画家》便不会面世。罗塞蒂自己有一笔个人收入，并且他还能靠画画补贴家用。如此，这十二位诗人里就只有济慈，风华正茂之时就被命运女神阿特洛波斯[1]夺去了生命。阿特洛波斯还让约翰·克莱尔[2]死在了精神病院，让逃避现实的詹姆斯·汤姆森[3]，因过量吸食鸦片而亡。这些事实残酷且可怕，但我们需得面对。可以确定的是——这么说有损于我们国家的名誉——英联邦一定是哪里出了问题，导致这些穷困的诗人在近些年，乃至近两百年间，都无路可走，直至陷入绝境。请相信我的判断——在过去的十年里，我花费了大量的时间去三百二十所小学进行调查——发现我们总是吹嘘自己有多么民主，可事实上，英国的穷孩子并不比雅典的奴隶之子好到哪里，他们很难突破阶级的壁垒获得教育的解放和心智的自由，也就无法写出伟大的作品。”

就这一问题，没有人能比亚瑟·奎勒-库奇说得更清楚了。“这些穷困的诗人在近些年，乃至近两百年间，都无路可走，直至陷入绝境……英国的穷孩子并不比雅典的奴隶之子好到哪里，他们很难突破阶级的壁垒获得教育的解放和心智的自由，也

1 希腊神话中的命运女神，由她切断人类的生命之线。济慈于1821年死于肺结核。

2 约翰·克莱尔（1793—1864），英国诗人，1841年被送到北安普敦精神病院，在那里一直待到去世。

3 詹姆斯·汤姆森（1834—1882），著有《暗夜之城》，他一直遭受着毒瘾和抑郁症的折磨。

就无法写出伟大的作品。”真可谓一针见血，心智的自由依赖于物质基础，而诗歌的兴盛则依赖于心智的自由。而女性始终一贫如洗，穷了不止两百年，自古以来便是如此。就心智而言，她们的自由度尚不如雅典奴隶的儿子。因此，女性进行诗歌创作的机会更加渺茫。这就是为何我要一再强调金钱和一间自己的房间的重要性。不过，要感谢过去这些寂寂无名的女性的付出（真希望能多了解一些她们的故事），还要感谢这两场战争（虽然这么说有点奇怪），一是克里米亚战争让佛罗伦斯·南丁格尔走出了起居室，二是六十年后的欧洲战争为普通女性打开了世界之门，因此很多社会弊病正逐步得到改善。不然，你们今晚也不会坐在这里，每年挣五百英镑的机会也是少之又少，当然，即使是现在也未必挣得到。

你们或许会继续反驳我，你们会说，按照我的推论，既然写作需要耗费大量的精力，没准儿还会害死自己的姑妈，午餐会上迟到，陷入与某些好好先生的激烈争执之中，那为何还要如此重视女性写作呢？我向你们承认，之所以如此坚持，部分原因是出于我的私心。与大多数未接受教育的英国女性[1]一样，我喜欢阅读——喜欢读各种类型的书籍。最近，我看的书有些单调乏味。史书上记述的都是战争，传记讲述的全是伟人，诗歌越来越空虚

1　伍尔夫经常说自己没有受过任何正规教育。事实上，在1897年至1901年间，她在肯辛顿国王学院女子系学习希腊语、拉丁语、德语和历史。

无聊，而小说——作为一名现代小说评论者，我很不够格，所以就不过多评判了。我建议你们可以尝试创作不同体裁的作品，涉足多样的主题，不论微小还是宏大，都不要有所顾虑。我希望你们能想方设法得到足够的钱财，然后用这笔钱去旅行，去消遣，去思考世界的过去或未来；我希望你们能徜徉在书的海洋里或到街头闲逛，将思想之线远远地抛进河中，沉入河底。我绝不会主张让你们只写小说，如果你们想让我开心——像我这样的读者成千上万——我建议你们可以写写游记和历险记、研究报告和学术论著、史书和传记、评论及与哲学、科学相关的书籍。这样做定会提高你们的小说写作技能，因为不同体裁的文学创作是可以相互影响、触类旁通的。如果小说与诗歌、哲学融会贯通，必将发展得更快，更好。此外，只要回顾一下以往的任何一位伟大的作家，比如萨福、紫式部[1]、艾米莉·勃朗特，你们就会发现，她们不仅是某个文学流派的继承者，同时也是新流派的开拓者。她们的诞生并非横空出世，而是因为女性已经养成了自主写作的习惯；因此，纵使你们的诗作只是为女性诗歌的发展奏响了序曲，那也是弥足珍贵的。

可是，当我回过头重新审视自己的笔记，分析当时的思想轨迹时，发觉自己强调女性写作的动机并非完全出于私心。在我的

1　紫式部（约978—约1016），日本小说家和诗人，1925年其著作《源氏物语》由亚瑟·韦利翻译为英文。

各种评论和漫谈中，始终贯穿着一个信念——或是一种直觉——那就是，好书值得期待，好作家即使身染种种恶习，骨子里依然是好人。故此，我希望大家尽量地创作出更多的作品。这样催促你们，实则是为了让你们多做有益于自身以及世界的事情。至于如何证实我的直觉或信念，就不得而知了。因为我没有上过大学，容易用错那些哲学术语。那么，“现实”指的是什么？它看似是变幻不居、靠不住的东西——时而出现在漫天尘土的道路上，时而躺在街上的一张废报纸上，时而化作开在阳光下的一朵黄水仙。现实会给屋内的一群人以启示，也会铭刻下闲时的话语。现实会让披星戴月的归家人大为震撼，也让无声世界比有声世界更为真实——一会儿的工夫，现实又现身于热闹的皮卡迪利大街上的一辆公交车上。有的时候，现实又幻化成不同的形状，因距离遥远而无法分辨它们的本质。但任何事物，一旦被现实所沾染，便自此永久定格。那是落日洒在篱笆上的余晖，那是爱恨退去之后的岁月。我认为，比起普通人，如今的作家有更多的机会去接触现实，他的职责就是去发现、收集，并与他人共同分享现实。至少，这是我读过《李尔王》《爱玛》和《追寻逝去的时光》之后所得出的推论。读过这些书后，人仿佛做了翳障剥离手术，观感变得敏锐，目光变得清澈，整个世界清晰可见，生命变得多姿多彩。那些不愿生活在虚幻之中的人，令人羡慕；那些因做事不上心而失败的人，令人同情。我之所以希望你们挣钱、拥有一间属于自己的房间，是希望你们生活在现实之中，并且活得精彩。至于你们能否通过作品与读者分享，倒是次要的。

说到这里，也差不多该结束了。但出于对惯例的尊重，这场演讲也要有个结束语。一场面向女性观众的讲座，想必你们也会这么想，它的结尾应格外催人振奋、立意高远。我应当恳请你们牢记自己的责任，积极向上，拥有更高尚的精神追求。我应当提醒你们身上的担子有多重，你们对未来的影响有多大。但是，我觉得，这样的谆谆教导留给男性来说或许更为稳妥，因为他们的口才比我好，更善于训诫女性，事实上，他们早已行动了。我使出浑身解数也无法让自己怀着高尚之情，去号召大家要同甘共苦、平等相处，去改造世界、实现更高的理想。我发觉自己能做的就是，简单而平淡地告诉大家：做自己远比做任何事都重要。这话若要听起来更高雅的话，那便是，不要幻想去改变他人，要专注事物本身。

随手翻阅过的报纸、小说和传记又在提醒我，当女人与其他女人交谈时，总会夹枪带棒、含沙射影。女人总是为难女人，她们之间并不对付。女人——说真的，你们不是对这两个字已经烦透了吗？反正，我是烦透了。那么，我们之间就达成一致了：一个女人对一群女人宣读的讲演稿的结束语，必定会令人感到十分不快。

可是，我该如何结尾？能想出什么不中听的话呢？事实上，通常情况下，我不反感女人。我喜欢她们的不落俗套，喜欢她们的浑然天成，喜欢她们的寂寂无闻，我喜欢——我不能这么啰里啰唆地说个不停。否则，那边的橱柜——你们觉得那里只放着干净的桌布，里面万一藏着阿奇博尔德·博德金爵士[1]怎么办？我还是语气严肃一些为好。我之前的论述是否已经非常充分地让你们体会到了来自男性的告诫和责难？我告诉过你们，奥斯卡·布朗宁对女性的评价非常低。我也曾指明，拿破仑对女性的态度，以及墨索里尼对女性的看法。那么，万一你们之中有谁以小说创作为志向，出于对你们的着想，我也转引了一位批评家的忠告，那就是希望你们能勇敢地承认女性自身的局限性。我还提到了X教授，并让你们注意他的论断，即女性无论在智力、道德还是生理上都逊于男性。我将心中所知，但未经核实的论点都如数奉告了，这是最后一条警告——来自约翰·兰登·戴维斯先生[2]。他警告说："若人类停止繁衍生息，那么女性便一无是处。"希望你们记住这句话。

我该怎么讲，才能进一步鼓励你们好好经营自己的生活？年轻的姑娘们，我现在得请你们认真听了，因为即将进入结束语环节。在我看来，你们无知到了可耻的程度。因为你们从未有过任

1　阿奇博尔德·博德金爵士（1862—1957），1920年至1930年间担任检察长，他曾禁止发行乔伊斯的《尤利西斯》和拉德克利夫·霍尔的《孤独之井》。

2　约翰·兰登·戴维斯（1897—1971），著有《女性简史》。

何的重大发现。你们从未撼动过任何一个帝国的王权，抑或冲上战场、领兵杀敌。你们没有写过莎士比亚戏剧这一级别的作品，也从未带领任何一个蛮荒部落走向文明。对此，你们如何为自己开脱？当然，你们完全可以指着街道、广场和森林，那里挤满了黑色皮肤、白色皮肤及棕色皮肤的居民，他们都忙着出行、工作、生活，说我们手头上还有其他事情要忙。你们会说，假如没有我们女人的劳作，海面上就看不到航船，沃土就会变为荒漠。统计数据表明，目前世界现有人口为十六亿两千三百万，都是由我们女性生育、喂养、教育的。我们至少把他们照顾到六七岁，即便有人帮忙，也需要耗费大把的时间。

你们刚才的反驳的确有几分道理——我承认。不过，与此同时，请允许我提醒你们，自1866年，英国至少已经开设了两所女子学院；从1880年起，法律允许已婚妇女拥有个人财产；1919年——距今整整九年了——女性获得了投票权。请让我再提醒你们一下，大部分职业十年前就已经向女性开放了。如果你们能反思一下，自己手握的权利有多大，享受这些权利的时间有多久，并且知晓，目前已约有两千名女性通过各种方式，有能力每年挣到五百英镑了。想想这些事实，你们就会明白，缺少机会和专业训练，没人鼓励，没有时间和金钱，这些都不是借口。更何况，经济学家们指出，赛顿夫人生的孩子过多了。当然，你们还是要生的，不过依照他们的建议，生两到三个就好，十个以上就不合适了。

如此一来，你们就有了些闲暇时间，脑袋里也装了一些书本知识——你们进入大学之前已经受到了社会旧俗的规约。我猜想，大学教育可以消除部分说教的影响——你们必然会开启人生的下一个征程，投身于艰辛漫长、前途不明的事业之中。有成千只笔头正齐刷刷地对着你们，等着告诉你们该怎么做，会造成怎样的影响。我承认，我的建议的确有些异想天开，所以我更愿意用小说的形式表现出来。

我之前在这篇演讲稿里提到，莎士比亚有个妹妹，但你们不要到西德尼·李撰写的诗人传记[1]中去找寻她的踪迹。因为她年纪轻轻就去世了——唉，还不曾写下一字半句。她的长眠之地如今变成了公交车站，而对面则是大象堡酒店。但我坚信，这位不曾写下一字半句、葬在十字路口的诗人仍然活着。她活在你我的心中，也活在其他众多女性的心中。只是今晚这些女性没能过来，因为她们正忙着刷锅洗碗、哄孩子睡觉。但是，她仍然活着，因为伟大的诗人永垂不朽，她们的诗魂永不磨灭。只要给她们一个机会，她们就会活灵活现地来到我们面前。而我认为，这个机会现在就等着由你交到她们手中。我相信，如果我们还能再活上一百多年——这里指的是真实可见的人类的集体生活，并非作为

1 指《威廉·莎士比亚的生平》。

独立个体的私人生活——并且每年有五百英镑的收入和一间自己的房间；如果我们能随心所欲、勇敢地书写自己的所思所想；如果我们可以从公共起居室溜出去一会儿，观察人如何与天空、树木等现实事物进行交互，而非研究屋内复杂的人际关系；如果我们的目光可以穿透弥尔顿的幽灵，因为谁都不能遮蔽我们的视线；如果我们能接受这个事实，即我们没有臂膀可以依靠，我们只能独自前行。如果我们明白，人要与这个世界发生关联，不能只建立与男人女人的人际关系，还需要与现实世界进行交流。那么，此时，这个机会终于来了，莎士比亚的妹妹，这位早逝的诗人，就会唤醒她沉睡已久的躯壳。正如她的哥哥那样，从那些默默无闻的先辈身上汲取能量，重获新生。假如为了迎接她的到来，我们没有做好充分的准备和不懈的努力，并且不能保证在她重生之后可以兼顾生活和写诗，那么我们就不要期盼她的重生，因为这只是痴人说梦。然而，我坚信，如果我们做好一切的准备工作，她肯定会降临到人世间，哪怕我们一生都贫困潦倒，默默无闻，这份努力也是值得的。

（全文完）

经典就读三个圈　导读解读样样全

三个圈
独家文学手册

导 读

女性必读的经典——伍尔夫的《一间自己的房间》

作者：何亦可

（博士，硕士生导师，任教于山东师范大学外国语学院，研究方向为英美文学与西方文论、伍尔夫研究，加拿大多伦多大学访问学者。）

引　言

每位现代女性都想为自己争取一间属于自己的房间，在这个私密空间内，她们可以自由地思考、阅读和写作，而这一说法的出处正是伍尔夫的散文《一间自己的房间》。弗吉尼亚·伍尔夫（1882—1941）是20世纪前半叶蜚声英国文坛的意识流小说家、文学评论家和散文家，被誉为20世纪现代主义与女性主义的先锋。她的众多作品、情感生活以及精神隐疾，都足以引起世人的好奇和关注。而《一间自己的房间》更是享誉世界近一个世纪的经典。2014年，英国著名演员艾玛·沃特森被任命为联合国妇女亲善大使，当时她就以伍尔夫的立论为基础做了极为精彩的演讲。每个女性都应该认真地阅读《一间自己的房间》，从中汲取无穷的智慧和力量，因为它是女性一生中必读的经典。

一、伍尔夫：20世纪英国文坛上一颗夺目的明星

弗吉尼亚·伍尔夫诞生于伦敦的一个贵族知识分子家庭。她的父亲莱斯利·斯蒂芬（1832—1904）是英国19世纪著名的文学评论家和传记家，曾担任《国家名人传记大辞典》的主编。母亲朱丽娅

是一个贤惠温顺、恪守传统的贤妻良母。伍尔夫的父母亲在结婚前都曾有过一次婚姻。父亲与前妻有一个女儿，母亲与前夫有三个孩子，他们婚后又生下四个孩子。在这个子女众多、关系复杂的十口之家中，性别、年龄、血缘和性格不同的孩子们经常会产生一些矛盾和冲突，这对少年时期伍尔夫的性格形成产生了很大的影响。斯蒂芬囿于当时英国传统家庭重男轻女的思想，只把伍尔夫的两个兄弟送入剑桥大学深造，而把姊妹二人留在家里接受非正规的家庭教育。伍尔夫对此十分不满，便由此萌生强烈的女权主义思想。富裕的家庭背景和优越的文化环境为她提供了良好的自学条件，她从父母和家庭教师那里学习了拉丁文、法文、历史、数学等基础知识。她在父亲藏书丰富的书房里自由广泛地阅读，靠自学开始了最初的知识积累。由于她的父亲和当代许多作家、学者、社会名流来往频繁，因此家中常常高朋满座。从小聪明好学的伍尔夫在这样的文化氛围中耳濡目染，从名家的交谈中领悟到了不少在书本中难以学到的见解和知识，这一切为她一生的文学事业奠定了扎实的基础。

出于广泛的阅读和对文学的热爱，伍尔夫很早就产生了要当作家的强烈愿望。由于有了比较坚实的文学积淀，从1904年起，她便在一些报纸杂志上发表文章。1905年，伍尔夫加入了由英国知识精英组成的布鲁姆斯伯里文艺团体，并很快成为这个文艺沙龙中的重要成员。在这个友好诚挚和自由开放的氛围中，她如鱼得水，不仅开阔了眼界，增长了知识和才干，激发了巨大的创作热情，而且结识了许多志趣相投的朋友，并经常与他们进行学术上的切磋交流。1912年，她结识了青年学者伦纳德·伍尔夫，二人不久便结为伉俪，婚后伦纳德无论是在生活上还是事业上，都给予伍尔夫很大的帮助和支持。1917年，夫妇二人在自家的地下室创建了霍加斯出版社。一是为出版伍尔夫的作品，二是帮助她缓解疾病所带来的精神压力。

家族遗传因素和一系列家庭不幸让身体柔弱的伍尔夫从少年时期便接连遭受精神打击。十三岁那年，由于无法承受丧母之痛，她暴发了第一次精神疾病。1904年，父亲的逝世和写作带来的巨大压力，让她的精神疾病几度复发，给伍尔夫的身心造成了极大的伤害。尽管长期遭受着精神和身体上的痛苦，伍尔夫还是顶住了各种压力，以远超常人的顽强毅力在文学艺术的天地里辛勤耕耘，孜孜以求，在有限的生命旅程中创作了大量的优秀文学作品，并很快成为英国文学界一颗冉冉升起的明星。

第二次世界大战的隆隆炮声严重干扰了伍尔夫的创作和生活，德国法西斯的残酷杀戮碾碎了她对社会的美好理想和对欧洲文明的期望。理想的破灭使她痛苦不堪，精神再次濒于崩溃。因担心精神病再次发作会给丈夫带来痛苦，1941年3月28日，伍尔夫在口袋里装满石子，毅然决然地投入了乌斯河。对一个精力旺盛、才华横溢的作家来说，五十九岁还处于创作的巅峰期，但她的生命却戛然而止。一颗光芒四射的明星瞬间陨落了，给后人留下了无尽的遗憾、惋惜和怀念。

伍尔夫一生命运多舛，却在有限的生命旅程中取得了杰出的文学成就。她共著有九部长篇小说：《远航》（*The Voyage Out*）、《夜与日》（*Night and Day*）、《雅各的房间》（*Jacob's Room*）、《达洛威夫人》（*Mrs. Dalloway*）、《到灯塔去》（*To The Lighthouse*）、《奥兰多》（*Orlando*）、《海浪》（*The Waves*）、

《岁月》（*The Years*）、《幕间》（*Between the Acts*）。除此之外，她还创作了短篇小说、政论文、传记、喜剧、散文、随笔、书信以及日记，给后人留下了一大笔宝贵的文学遗产。

二、《一间自己的房间》：女性何时能拥有一间属于自己的房间？

《一间自己的房间》是伍尔夫批判男性霸权的檄文和张扬女性主义的宣言书，也正是这本影响深远的著作使她成为20世纪英国女性主义者中的翘楚。伍尔夫行文流畅，妙语连珠，以自己的亲身经历批判了男权制度在社会各个层面所表现出的对女性的蔑视和压制。她渴望和平，反对战争及各种暴行。号召广大妇女团结起来争取应该属于自己的各种权利，如受教育权、社会参与权等。女性不仅要在经济上取得完全独立的地位，还要争取思想和创作上的自由，这样才能在文学创作中拥有话语权。妇女应该在政治和经济上拥有与男人完全平等的权利，在性格、思想和行为上互补，同舟共济，共同建设美好和谐的家园。马丁·杨克提出："妇女的解放是人类文明发展的风向标，当女性追求知识时，这个社会是进步的；当女人崇尚自由时，这个社会是文明的。"亦如恩格斯所说："妇女的解放是人类解放和文明发展的天然尺度。"因为在妇女获得解放的同时，男性也得到解放，两者相得益彰，才是社会最理想的发展模式。

1.《一间自己的房间》[1]的诞生

20世纪初的英国仍笼罩在维多利亚时代父权的统治之下。妇女被排除在社会政治和经济活动之外，失去了公共事务的参与权和发言权，更没有接受正规教育的权利。女人婚前只能学习如何成为贤妻良母，婚后的任务就是在家中相夫教子。在文学艺术领域，女性没有写作的自由，甚至“从没有过半个小时是完完全全属于自己的”，因此在文学史中几乎看不到她们的身影。1891年，英国才禁止丈夫把妻子锁在家中。直到1918年第一次世界大战之后，三十岁以上的妇女才获得了选举权，但根深蒂固的重男轻女的社会传统却没有得到根本改变。即使在文学艺术领域，女性以及她们的作品仍然乏善可陈。科学技术日新月异的发展和轰轰烈烈的工业革命，大大促进了英国经济的发展和社会的变革。随之而来的各种新思想、新观点如雨后春笋般不断涌现出来，冲击着旧道德和旧传统。文学艺术等意识形态领域也发生了巨大的变化。特别是第一次世界大战后女性在生产活动和社会生活中所发挥的作用日益突出，妇女争取解放的浪潮也随之此起彼伏，风起云涌。

19世纪末20世纪初以来，要求男女平等和反对男性霸权的妇女解放运动方兴未艾。少女时期的伍尔夫便痛恨父权制度的专横跋扈，对女性的悲惨遭遇感同身受，很早就成为父权制度的反叛者，并立志运用自己手中的如椽之笔揭露父权社会的贪婪、专横与丑恶。成年后的伍尔夫便积极参加各种维护妇女权益的活动，曾经常到工厂为青年女性普及文化知识，给她们讲授文学和历史，以提高

1 下文简称为《房间》。——作者注

她们的文化素养和思想觉悟。伍尔夫还参加一些妇女组织和公益事业，以唤起普通民众的觉醒。《房间》便是伍尔夫从事妇女运动的过程中形成的一部具有重大历史意义的醒世杰作。

1928年10月20日和26日，伍尔夫两次来到剑桥大学，分别在纽纳姆女子学院和格顿女子学院，就女性写作为题发表了演讲。1929年3月，她将两次演讲稿整合为一篇文章，以《女性与小说》为题发表在美国杂志《论坛》上。后又经过几个月认真地修改和补充，整理成长篇论文《一间自己的房间》，并于1929年10月24日，由霍加斯出版社出版发行了单行本。因文笔独特，语言诙谐幽默，切中时弊，读者好评如潮。20世纪以来，随着我国改革开放步伐的加快，伍尔夫的许多著作被译成中文出版，《房间》也逐渐引起国人的关注。

2. 一部女性主义的宣言书

《房间》是一部演讲性质的长篇议论文，共分为六个章节。第一章讲述了伍尔夫在剑桥大学一次不愉快的经历，控诉了英国男权社会对女性的歧视，进而把思路引入本文的主题——女性所遭受的不公正待遇都是由于不公平的经济基础造成的。在第二章中，伍尔夫欲在大英博物馆中寻找男性作者为什么喜欢谈论女性，却又在作品中不遗余力地贬低女性的智力、品德和能力的原因。第三章透过历史重重迷雾探讨18世纪以前女性的生存窘境，为此作者设想了莎士比亚有一个才华横溢的妹妹，用其遭遇来现身说法，论证那时的女性即使与莎士比亚一样优秀，但在男权制度下也难以摆脱悲惨的命运。第四章伍尔夫进一步考察了英国女性文学史，描述了几位

17、18世纪出身贵族的女作家的写作困境。又以简·奥斯汀、勃朗特三姐妹的作品分析了她们所取得的文学成就、创作上的局限性和思想上的苦闷彷徨。进而指出，女性想写作必须要有钱和属于自己的一间房间。第五章进一步指出在男性霸权下所形成的语言体系完全不适用于女性的文学创作，女性必须要摆脱男性控制下的语境，建立适合表达自己情感的语言系统和写作方式。第六章在前面论述的基础上，深入诠释了由柯勒律治提出的雌雄同体的思想。伍尔夫认为在文学创作中如果将男女两性的特性和优点融为一体，便可以取长补短，相得益彰，创作出伟大的作品。最后鼓励女大学生勇敢走上文学创作之路。

《房间》虽然以“妇女与小说”为主题框架，但就有关经济、教育、社会、两性、文学批评、写作等问题也提出了一系列疑问，并让听众从一片质疑声中去寻找问题的答案。文章的开头，伍尔夫通过叙述者在河边草地散步受阻和进图书馆所受到的种种阻挠和限制，揭露了男权社会的霸道和对女性的歧视。然后通过一系列的意识流动，与听众一起去寻找两性不平等的前因与后果。“首先，在那个年代女性赚钱是不可能的事情；其次，即使有这个可能性，法律也会剥夺女性拥有财富的权利，哪怕这些钱财是她们靠自己的辛苦努力而获得的。”作者进而考察了大量极不公正的历史和社会现实，提出了女性写作必须具有一定的经济条件，即有钱和属于自己的房间。伍尔夫在这里所说的房间不仅是物质上的房间，更重要的是让思想独立和自由的精神空间。因为，“一笔稳定的收入竟能让人的性情发生如此巨大的转变，这的确意义非凡。世间没有任何力量能夺走我那五百英镑，我的食物、房子和衣物也将永远属于我自己。故此，肉体将不再辛苦与操劳，心中将再也不起愤恨与怨怼。仇恨男人？没有必要，因为他们再也伤害不到我。取悦男人？也没有必要，因为我不需要他们的任何东西”。

随后，伍尔夫用“钱”和“房间”为象征，“五百英镑的年金象征了思考的权利，而带锁的房间象征了思考的独立性”。她号召女性要敢于冲破男性霸权的桎梏，勇敢地走出厨房，融入社会，去阅读、写作和工作。她们“可以去探索未知世界或从事写作；可以悠闲地游览世界各处的圣地；可以坐在帕特农神庙的台阶上静思”。由于长期潜移默化的父权专制逐渐内化为妇女自身的价值取向，许多女性已经习惯于做“房间里的天使”。伍尔夫愤怒地指出，父权制度对妇女的歧视和压迫是完全违背人性的，是不道德的。“文学作品中，最动听的言辞、最深刻的思想常常出自女人之口，而现实生活里，她几乎目不识丁，沦为其丈夫的附属品”。女性必须奋起反抗父权社会的蛮横专制，争取自己在社会和家庭各个方面应有的权利。而在男性当道的文学领域，“女人们从未为自己的人生留下只言片语”“女性作家仍然不敢以自己的名字发表作品”。“这个世界会对男作家说：想写就写吧，反正与我无关。而这个世界则会对女作家发出一串哄笑：你想写作？你写出来的东西算什么？”伍尔夫提倡，女性要争取话语权，创立自己的文学传统，用女性特有的语言系统、写作方式，以及“自创的句式表达出了无限丰富的内容”。她希望她们创作出具有女性特色的文学作品，在男性传统文学之外开辟出一片崭新天地。

《房间》一再强调教育对女性的重要性，并对大学教育制度提出了严厉和深刻的批评。伍尔夫还提醒读者，英国精英文化意识的背后潜伏着等级权力关系，男性学术权威实际是父权制度在文学领域的体现。“教授们，或者更准确地称之为父权主义者们，之所以时常满怀愤恨，多半是因为他们也怕自己的财产被人抢走，还有一部分更深层次的原因隐藏在不太明显的地方”。他们四处著书立说，散播“关于女性在心智、品行和生理上比男性低劣的谬论”。读者不应该受到那些专家学者的干涉和蛊惑，要通过自己的头脑判断来抵制主流社会体制的虚假话语和各种维护旧体制的荒谬邪说。

另外，伍尔夫认为，由于男女两性在生理、心理和性格上的差异，文学创作的表达方式也会有很大的不同。在柯勒律治所提出的“一个伟大的头脑一定是雌雄同体”的基础上，探索出了“双性同体”的创作理念。“每个人都受到两股力量的控制，一股是男性力量，一股是女性力量。人最正常合宜的精神状态需要这两股力量和谐共生、互助合作。”“雌雄同体的大脑更容易与他人产生共鸣，更有渗透力；它能不受阻碍地传递情感，并且具有天然的创造力，充满激情且浑然天成。”伍尔夫认为：“作者只有平衡头脑中的男女两股力量，达到两性灵魂上的完美融合，才能成就一件有创意的艺术品。”双性同体的理论，不仅适用于文学创作，还可以延伸到更加广阔的社会生活领域。女性的温柔、慈爱和细腻的情感可以化解男性的自私、贪婪和野蛮，因此两性的融合有利于消除暴力和避免战争。这种双性同体的思想并非男女真的合二为一，更不是此消彼长，一方压倒另一方。而是主张男女平等和自由和谐，共同建设美好的家园。

3.《房间》的艺术特色

（1）互动式论述风格

如前文所述，《房间》是基于伍尔夫在女子学院发表题为“女性与小说”的讲演稿。传统意义上的演讲无须听众的介入，更不允许受到听众的质疑。而伍尔夫在《房间》中却自始至终充满了对传统讲演的解构和反叛。在演讲的过程中，她不断地向听众抛出问题，启发她们要明辨是非、敢于挑战权威，通过自己的缜密思考去寻找答案。这种与听众进行互动与合作的行文方式，成为《房间》独特的论述风格。

演讲伊始，伍尔夫便提出一个能激发听众好奇心的问题：“或许在座的各位会感到疑惑，今天演讲的主题是‘女性与小说’——可与《一间自己的房间》这个题目有什么关联呢？”看似一句普通的疑问一下就抓住了听众的注意力，促使她们进一步思考问题的可能答案。接着伍尔夫就“女性与小说”这一话题，坦率地承认自己无法给出一个完美的结论，因为“我无法完成一位演讲者应尽的首要使命——用一个小时的时间，把金科玉律印在你们的笔记本上，然后被当作圣典永远供奉在壁龛上”。伍尔夫开篇诙谐坦诚的话语颠覆了一位演讲者“应尽”的责任，打消了听众对一场传统演讲的完美期许。她从一开始就不准备让听众置身事外，而是引领她们探讨共同感兴趣的问题，从而大大拉近了演讲者与听众的距离。之后伍尔夫进一步表明自己的观点和态度：“而我能做到的，只是就某个小问题提供一种见解——女性想进行小说创作，就必须有金钱的支撑和属于自己的一间房间。”她所能做的只是尽力证明自己的看法，而决不是强加于人。伍尔夫一开始就郑重声明，她所提出的问题并没有标准的答案，也希望听众通过自己的头脑得出结论。这种演讲者与听众互动的方式，增强了相互的理解和沟通，更是开启了听众的心智，启发了她们独立思考和辨别是非的能力。

《房间》表面上看是讨论妇女写作的问题，实际上几乎涵盖了哲学、历史、文学、社会学等许多根本性的问题。如女性写作天生和男性不同吗？男性与女性到底有何差别？是社会经济状况和性别差异才导致了在文学创作上男女的巨大反差吗？“在这个文学全盛时期，为何几乎每个男人都能谱写出一首歌谣，或是创作出一首十四行诗来，却没有一个女人曾留下只言片语”？在男性霸权社会，男女在语言表达上有哪些不同？女性如何在语言表达上冲破男性霸权？为什么男人可以周游世界，为所欲为，女人却只能待在家里相夫教子？为什么女性可拿来创作的语言文字是按男性价值观，而非女性价值观所创造的？若要发表女性的声音、表达女性的经验，是不是就要肢解、再造语言的形式？为什么男女性格不能互补？什么时候才能实现妇女的彻底解放和两性真正平等？伍尔夫提出的这些长期以来困扰在人们心中的尖锐问题，在将近百年之后的21世纪，仍振聋发聩，激起年轻读者极大的兴趣和探求真相的热情，促进读者不断地随着作者的思路去寻找问题的答案。这种抽丝剥茧的行文方式，与读者的互动合作，也是这篇论文经久不衰，引人入胜的重要原因。

（2）碎片化的瞬间印象

作为现代主义作家的领军人物，伍尔夫认为文学创作要摒弃纷繁庞杂的物质表象，在对自然与生命本质的探求中捕捉人类“存在的有意味的瞬间”。通过瞬间感悟来揭开生活的面纱，触探其内心世界的意识流动和生命的哲理，注重人物精神世界的发掘。她在《论现代小说》一文中指出：“心灵接纳了成千上万个印象——琐碎的、奇异的、倏忽即逝的或者用锋利的钢刀深深地铭刻在心头的印象。”而作家的任务就是将这些印象记录下来，从而描绘出“这种变化多端、不可名状、难以界定和解说的内在精神”，揭示内心活动的本质。伍尔夫创作了许多优秀的意识流小说，而且还在散文、传记和日记中也加入意识流的元素，熟练地运用虚构、内心独白、联想等手法，使她的散文和日记在形式和内容上更加丰富多彩，也更加深刻地表达了自己的感悟。在《房间》中，为了更好地向听众讲解“女性与小说”的问题，伍尔夫坐在河边久久陷入沉思。河边的垂柳，泛舟的学生，把伍尔夫带入一个更加广阔深邃的自由世界。她的情绪被外界的景物所激发，时而飞向广袤的天空，时而潜入深邃的河流。随着意识的漂流，激荡起一波又一波思绪的骚动。她似乎有所感悟，于是快步踏进大学校园里的草坪，却被告知“只有研究员和学者有权在此停留”；继而又因没有专家的介绍信而被管理员拒之门外。现实的残酷一下使沉溺于幻想中的伍尔夫清醒过来，不得已只好又回到河边，其意识又沿着另一个方向极速流动。这一幕幕的事件犹如电影里的蒙太奇，跌宕起伏，在伍尔夫的头脑中迅速切换，引起一系列情绪上的变化，也引发了她对一连串问题的思考，激起了一个女性主义者的强烈不满。表面上看这些小事件似乎与作者要演讲的题目无关，实际上却处处揭露了文学界男性霸权对女性的歧视和排斥，为下一步的论述展开了铺垫。通过联想到以往女性，如简·奥斯汀、勃朗特三姐妹、乔治·艾略特等在写作上所遭遇的困境，引出了本文要阐述的主题：如果妇女要从事写作，就必须有钱和属于自己的一间房间。为了论证在男权统治下女性的悲惨遭遇，伍尔夫假设莎士比亚还有一位同样天资聪慧的妹妹，她以此说明，不是那个时代没有杰出的女性，而是男性霸权统治埋没了许多本可以成为优秀作家的女性人才。继而追溯到17、18世纪以来女性作家所遭受的种种不公正待遇，又联想到现代女性作家的生存状态，最后提出妇女在文学领域的出路。伍尔夫的思路犹如一条清澈透明且潺潺流动的小河，又像是一连串电影中的蒙太奇，把自己的观点和想法一幕幕展现在听众面前，让听众自己去思考其中蕴含的道理。

（3）小说与散文写作手法的综合

伍尔夫一生都在致力于各种文体的综合，她既强调每种文体都有独自的审美特征和表现方式，明确体裁的限制和规范，又主张打破各种文体的界限，让多种文体渗透融合。她把散文这种文学形式比作能吞掉各种艺术形式、包罗万千的“杂食动物”。伍尔夫把小说的描写手法大胆移植到她的随笔散文中，使得枯燥艰深的内容充满了勃勃生机。在《房间》中，既有小说情节和人物叙述，又体现出散文的自由灵活和简捷流畅的特征。作者借助两天的经历，利用了小说的写作手法，杜撰了莎士比亚妹妹的情节。虽纯属虚构，却是合乎历史事实的逻辑推理。文章整个结构的设计都是围绕着《房间》的主题展开，即女人要想写作，就必须有钱和一间属于自己的房间。在此基础上，伍尔夫又以女性的特有视觉，来探讨女性应该如何抛弃各种不切实际的幻想，努力重新塑造自己。这种小说与散文的“联姻”把整个事件联系成为一个有机的整体，各种意象随着作者的活动构成一个寓意深远的流动网络，使自己的思想意图更加鲜明地呈现在读者面前。伍尔夫正是利用了小说家的权利阐述了自己的观点，却一点不显得夸张，反而使自己的论点更具有花岗岩般的质感、趣味性、穿透性和说服力，给女性写作和妇女解放指明了方向。最后，伍尔夫在文中鼓励女性“尝试创作不同体裁的作品，涉足多样的主题”“因为不同体裁的文学创作是可以相互影响、触类旁通的”。

三、《房间》的现实意义

伍尔夫在《房间》一文中所倡导的女性主义理论，不仅为女性创作指明了道路，而且为妇女和整个人类的发展描绘了光明的前景，至今仍有广泛而深刻的现实意义。现代女性虽然不再受到伍尔夫那个时代强烈的男性霸权主义的歧视和迫害，但在性别上仍然属于弱势群体。女性的基因里仍然残存着自卑、压抑和逆来顺受的特质。男尊女卑的传统观念依然普遍存在，相夫教子的思想仍根深蒂固，歧视妇女的现象时有发生。“男性内心这种根深蒂固的欲望不仅要将女性贬低到尘埃里，还要时时事事突显自己的高贵和优越。哪里都有他们的身影，要么阻碍女性从事艺术创作，要么阻挡她们的从政之路。即便她们苦苦哀求只为争取一点点权利，即便这点权利丝毫撼动不了男性的权威。”妇女在社会活动中所发挥的作用仍然远远不如男性；在国家各级领导岗位中，女性仍然是凤毛麟角；

在职场竞争中，女性仍然受到种种刁难或不被聘用；买卖婚姻把妇女当成商品与男人讨价还价；拐卖妇女或卖淫等丑恶现象也屡见不鲜。凡此种种，都是女性在经济和政治上还没有真正独立的一种表现。因此，伍尔夫在《房间》中所倡导的女性主义，至今仍有十分重要的现实意义和教育意义。男人和女人生而平等，关键还是取决于各自在社会生产活动中所起的作用。女性必须与男性一样在社会上拥有独立的地位，正如伍尔夫一再强调的，要有自己的房间。虽然经济上的独立是基础，但并不等于思想上的独立，还需要女性自我革命的自觉性和主动性。如果在潜意识里不能彻底挣脱千百年所形成的“男尊女卑”的镣铐，即使在经济上独立，也难以逃脱对男性精神上的依赖。天下是男女两性的天下，缺少了任何一种性别都无法生存和延续。如果女性不敢杀死“房间里的天使”，不能自省和自立，就永远不会实现真正意义上的男女平等，也不可能实现两性的互补和融合。虽然伍尔夫的有些观点还值得商榷，但是她却吹响了妇女思想解放的号角。她认为只有打破两性壁垒，摒弃性别的偏见，才能写出伟大的作品，才能不仅实现文化意义的融合，而且实现政治和经济上的真正平等。伍尔夫所倡导的男女携手共同建设人类美好家园的思想，至今仍然发人深思、令人向往。

图文解读

女性与文学——女性作家和她们的女性意识

文学史上有许多克服重重困难成为作家并留下不朽作品的女性，不论是她们能够在当时成为作家这件事本身，还是她们在作品中塑造的女性角色和自觉的女性意识，都是对女性莫大的鼓舞，为女性提供着源源不断的勇气和力量。

她们的共同特点是拒绝任何一种被定义、被标签化的人生，通过探索的方式——即使要付出巨大代价——去过她们自己想要的人生，去发挥自己最大的潜能，从而实现更多人生的可能性。

简·奥斯汀（1775—1817）

Jane Austen

“我了解这个世界越多，越觉得我这辈子都遇不到一个我真正爱的人了。我要求太高！”

——《理智与情感》

英国小说家，代表作有《傲慢与偏见》《理智与情感》《爱玛》《曼斯菲尔德花园》等，其作品内容以乡绅女性的婚姻家庭生活为主，故事描写的都是中等阶层男女婚恋故事的主题。她刻画了一个个栩栩如生的女性形象，她们在追求爱情、婚姻的过程中寻求的独立、平等和强烈的自我意识，都凸显了女性意识的觉醒。

例如，奥斯汀在小说《傲慢与偏见》中，塑造了富有魅力的女主角伊丽莎白，她博学、体贴、有思想，聪明、温柔、大方，她努力想要打破女性只有依附于男性才能获得面包、社会地位等一系列不公平的社会现实，所以她会拒绝达西先生第一次居高临下的求婚。她是奥斯汀笔下近乎完美的女性形象，是一位现代新女性，蔑视所谓的社会规范，讽刺不平等、愚蠢的行为。

玛丽·雪莱（1797—1851）

Mary Shelley

“我无所畏惧，因此拥有强大的力量。”

——《弗兰肯斯坦》

英国浪漫主义时期的小说家。二十一岁时，她创作了世界文学史上第一部科幻小说《弗兰肯斯坦》，被誉为“科幻小说之母”。小说通过人造人这个主题，向人们展示了一个滥用科技的悲剧故事，同时也通过悲剧的形式对父权思想下的价值追求进行了严厉的批判和讥讽。

在玛丽·雪莱笔下，女性是勇敢、善良的天使，并且在男性生活中扮演着不可缺少的角色。值得注意的是，玛丽·雪莱的母亲玛丽·沃斯通克拉夫特（1759—1797）是女性主义运动的先驱，是著名的女性政论家、作家与思想家。她在代表作《女权辩护》中提出：“女性并非天生地低贱于男性，只有当她们缺乏足够的教育时才会显露出这一点。”认为男性和女性都应被视为有理性的生命，继而设想了建立基于理性之上的社会秩序。

伊丽莎白·巴雷特·勃朗宁（1806—1861）

Elizabeth Barrett Browning

“我纯洁地爱你，不为奉承吹捧迷惑；我勇敢地爱你，如同为正义而奋争！”

——《我是怎样地爱你》

勃朗宁夫人是英国维多利亚时代最受人尊敬的诗人之一。她十五岁时，不幸骑马跌损了脊椎，从此下肢瘫痪达24年。三十九岁那年，她结识了小她六岁的诗人罗伯特·勃朗宁，从此勃朗宁夫人的人生好似又恢复了正常。这份爱情让勃朗宁夫人精力充沛，也让她在爱情诗方面取得了伟大成就。

《葡萄牙十四行诗》是勃朗宁夫人写给丈夫的情诗集，对这份世人质疑的爱情，从起初的怀疑、不自信，到后来的坦然接受、大胆示爱，反映了勃朗宁夫人对传统束缚的挣脱，给其他同时代追求平等爱情的女性以勇气。

哈里特·比彻·斯托（1811—1896）

Harriet Beecher Stowe

“最长的路也有尽头，最黑暗的夜晚也会迎接黎明。”

——《汤姆叔叔的小屋》

斯托夫人是美国作家、废奴主义者，她的作品《汤姆叔叔的小屋》是美国废奴运动的推动力量之一，对美国历史文化发展具有重要意义。

这部作品塑造了多个典型女性形象：伊莉莎和凯西是自我救赎的典型代表，不屈服命运安排，敢于冲破奴隶制牢笼，争取自由；而伊娃作为白人女性则展现了至诚的人性关怀。她们改变了女性懦弱与自卑的形象，树立了打破奴隶制枷锁，追求自由幸福生活的女性形象。

夏洛蒂·勃朗特（1816—1855）

Charlotte Bront

“我跟您一样有灵魂，跟您一样有丰富的心灵！”

——《简·爱》

英国小说家和诗人，与她的两个妹妹——艾米莉·勃朗特和安妮·勃朗特，在英国文学史上有“勃朗特三姐妹”之称。她的小说《简·爱》中女主人公简·爱是个出身平凡、相貌平凡，但富有才华的新型女性。简·爱自尊自强、无畏无惧，在逆境中顽强生存并不断追求生命尊严和幸福，成为文学史上不朽的典型。

在她的小说中，最突出的主题就是女性要求独立自主的强烈愿望。这一主题在她所有的小说中都强烈地表现出来，可以说她是英国文学史上以女性呼声作为小说主题的第一人。让许多女性感受到女性觉醒的自由意识，被鼓舞起对抗不公平的勇气。

艾米莉·勃朗特（1818—1848）

Emily Bront

“我真想到屋外去！我真想做回小女孩啊，又野蛮，又勇敢，自由自在……即使受伤，也只会一笑了之，不会被逼得发疯！”

——《呼啸山庄》

英国小说家和诗人，其唯一一部小说《呼啸山庄》被认为是世界文学的经典之作。《呼啸山庄》来源于她生活中很多直接的情感体验，书中的男主人公希斯克利夫和女主人公凯瑟琳之间超越生死的感情，来源于她的内心呼唤，反映了她对维多利亚时期表面上理想化婚姻的一种反抗。

其中塑造的凯瑟琳、凯蒂与伊莎贝拉三个女性形象，通过自己的方式，追求爱情、自由与独立的自我，反叛父权制婚姻和社会压迫，展现出十分强烈的现代女性思想，同时也揭示了当时社会女性的真实地位。

乔治·艾略特（1819—1880）

George Eliot

“骄傲帮了我们，当骄傲只是催促我们隐藏起自己的伤口而不是伤害他人时，骄傲并不是一件坏事。”

——《米德尔马契》

乔治·艾略特是英国小说家玛丽·安·埃文斯的笔名，她的代表作包括《亚当·比德》《弗洛斯河上的磨坊》《米德尔马契》等，其中最著名的是《米德尔马契》，以其现实主义和心理学见解而闻名，伍尔夫将其描述为“为成年人写的少数几部英国小说之一”。

她尊崇“写实主义”的美学宗旨，其作品具有很高的现实意义。《米德尔马契》中客观真实的描述揭示了英国19世纪女性生活的面貌，也透露出对女性斗争的担忧。

艾米莉·狄金森（1830—1886）

Emily Dickinson

“我本可以容忍黑暗，如果我不曾见过太阳，然而阳光已使我的荒凉，成为更新的荒凉。”

——《如果我不曾见过太阳》

美国传奇诗人，在世时鲜为人知，去世后被认为是美国诗歌史上最重要的人物之一。狄金森一生中大部分时间过着与世隔绝的生活。被当地人视为怪人的她，喜欢穿白色衣服，深居简出，从未结婚，和其他人之间的联系完全依靠通信。

狄金森在诗歌作品中表现出的对力量的着迷和独处状态的选择正是她女性意识的表现，而她的诗歌表现出的“反崇高”特征以及对死亡的自主理解，从另一个侧面体现出其女性个体意识的发展。

路易莎·梅·奥尔科特（1832—1888）

Louisa May Alcott

“她得不到母亲的帮助，去独立思考和自我约束，但现在有人给她指点了方向，她便努力去寻找出路，并满怀信心地踏上行程。”

——《小妇人》

美国小说家、短篇小说作家和诗人，同时是废奴主义者和女性主义者，一生未婚。奥尔科特的家庭经济困难，在成为专业作家之前不得不靠做女佣、家庭老师和裁缝挣钱。她的成名之作《小妇人》讲述了19世纪美国新英格兰地区一个普通家庭四姐妹的成长历程。小说通过姐妹们的成长蜕变，展示了她们的爱情观念，以及各自追寻不同理想与归宿的勇气，探讨了独立女性爱与自由的话题，阐明女性自重、自强与自立的重要性。

弗吉尼亚·伍尔夫（1882—1941）

Virginia Woolf

“不必急于求成，不必锋芒毕露，不必效仿他人，做自己就好。”

——《一间自己的房间》

英国作家，20世纪最重要的现代主义作家之一，也是将意识流作为叙事手段的先驱。除了经典的女性主义宣言之作《一间自己的房间》，伍尔夫还在小说中透析了一系列女性人物形象，通过“家庭天使”形象、反叛与独立形象和雌雄同体形象，揭示了女性自我缺失现状，呼吁女性进行自我建构，希望实现女性自我价值。伍尔夫成为20世纪70年代女性主义批评运动的中心议题之一，她的作品因此受到了人们的广泛关注和评论。

玛格丽特·米切尔（1900—1949）

Margaret Mitchell

“毕竟，明天又是新的一天。”

——《飘》

玛格丽特·米切尔是美国小说家和记者，世界文学名著《飘》的作者。该作品塑造了一位女性主义色彩显著的人物——斯嘉丽，描写其在战争中的三次婚姻经历，以及在磨难、挫折中不断成长的故事。女主人公斯嘉丽勇于追求平等，独立坚强、魅力十足，她敢爱敢恨，展现出奋勇拼搏、率真大胆及不服输的鲜活形象，是顽强地站在命运风雨中的一朵野玫瑰。

西蒙娜·德·波伏娃（1908—1986）

Simone de Beauvoir

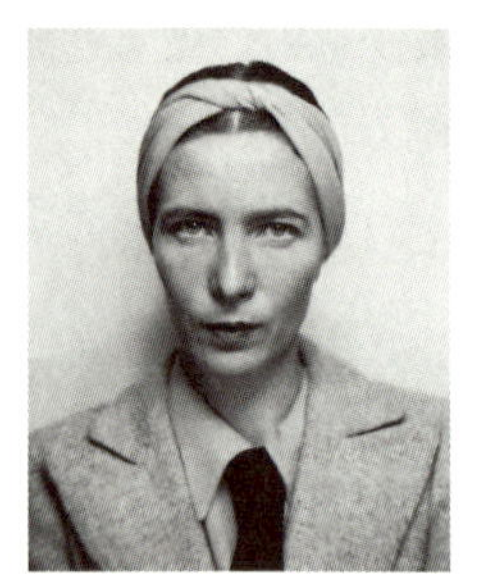

“一个人不是生下来就是女人，她是变成女人的。”

——《第二性》

西蒙娜·德·波伏娃是法国杰出的存在主义哲学家和作家，创作了大量关于伦理学、女性主义的作品，是早期西方女性主义思想的代表人物。

她的代表作《第二性》被誉为“女性主义的圣经”，对女性自由问题进行了深入的探索，形成了其系统的女性主义自由观。对历史上妇女被贬谪到“内在”的领域，以及被动接受社会赋予她们的角色这一事实进行了明确的攻击。波伏娃的女性主义自由观对于今天的女性解放和实现两性平等、和谐仍有重要的借鉴和启发意义。